UBERLAND

Der Feuergott der Marranen

Vierter Band der Alexander-Wolkow-Märchenland-Reihe

ALEXANDER WOLKOW

Der Feuergott der Marranen

Ein Märchen

deutschsprachige Lizenzausgabe
10. Auflage 2019

Druckerei:
Internationale Druckagentur Wolfgang Jettenberger
Printed in Europe

ISBN 978-3-928885-04-1
www.leiv-verlag.de

Der Ausgestoßene

Lieber Freund, reich mir deine Hand, damit ich dich in das Zauberland führe, das durch eine große Wüste und gewaltige Berge von der übrigen Welt getrennt ist. Dort leben unter der ewig heißen Sonne gar liebliche Menschlein: die Käuer, die Zwinkerer, die Schwätzer und noch viele andere.

Einmal beschwor die Hexe Gingema ein Gewitter herauf, das ein Häuschen aus Kansas mit dem Mädchen Elli und ihrem Hündchen Totoschka in das Land der Käuer verschlug. Gingema kam um, für Elli und Totoschka aber begannen ganz ungewöhnliche Abenteuer.

In der Mitte des Landes, in der schönen Smaragdenstadt, lebte damals ein großer Zauberer namens Goodwin. Elli beschloss, zu ihm zu gehen, damit er ihr helfe, in die Heimat zurückzukehren.

Unterwegs schlossen sich ihr ein Strohmann namens Scheuch, ein Mann aus Eisen namens Eiserner Holzfäller und der feige Löwe an. Ein jeder von ihnen hatte einen sehnlichen Wunsch. Der Scheuch träumte von einem klugen Gehirn für seinen Strohkopf, der Eiserne Holzfäller von einem liebenden Herzen und der feige Löwe von Mut und Tapferkeit. Obwohl Goodwin ein falscher Zauberer war, konnte er ihre Wünsche erfüllen. Dem Scheuch gab er ein kluges Gehirn aus Sägespänen, die mit Nadeln und Stecknadeln vermischt waren, dem Eisernen Holzfäller ein liebevolles Herz aus Holzwolle in einem seidenen Säckchen und dem feigen Löwen eine Portion Mut auf einem goldenen Tellerchen.

Goodwin hatte das Leben im Wunderland satt, und er verließ es mit einem Luftballon. Vor dem Abflug ernannte er den Scheuch zu seinem Nachfolger, und dieser wurde zum Herrscher der Smaragdenstadt. Den Holzfäller wählten die Käuer, die das Violette Land bevölkerten, zu ihrem Herrscher, und der feige Löwe wurde König der Tiere.

Nachdem die sehnlichen Wünsche der drei Freunde in Erfüllung gegangen waren, kehrten Elli und Totoschka in ihre Heimat zurück. Dazu verhalfen ihnen die silbernen Zauberschuhe Gingemas, die das Hündchen in der Höhle der Hexe gefunden hatte.

Es war dem Scheuch nicht beschieden, lange Herrscher der Smaragdenstadt zu bleiben. Im Land der Käuer lebte ein böser und tückischer Tischler namens Urfin Juice, dem ein Zauberpulver in die Hände fiel, das allerlei Dinge beleben konnte. Der Tischler fertigte Holzsoldaten an, flößte ihnen Leben ein und stellte aus ihnen ein mächtiges Heer auf, mit dem er die Smaragdenstadt eroberte. Der Scheuch und der Eiserne Holzfäller, die ihm zu Hilfe geeilt waren, wurden von Urfin gefangen genommen und in einen Turm gesperrt.

Hilfe suchend schrieben der Scheuch und der Holzfäller an Elli einen Brief, den die Krähe Kaggi-Karr, die ihnen wohlgesonnen war, nach Kansas brachte. Das Mädchen ließ ihre Freunde natürlich nicht im Stich und machte sich zum zweiten Mal in das Zauberland auf, diesmal in Begleitung ihres Onkels Charlie Black, eines einbeinigen Seemanns, der viele gute Einfälle hatte und sie geschickt zu verwirklichen wusste. Er baute zum Beispiel ein Schiff auf Rädern, mit dem er und Elli die Wüste durchquerten.

Der Kampf mit Urfin Juice und seinen Holzsoldaten war nicht leicht, aber Elli und ihre Freunde gingen aus ihm siegreich hervor.

Urfin wurde vor Gericht gestellt.

Er hatte eine harte Strafe verdient, aber der einbeinige Seemann Charlie Black wandte sich an die Richter mit den Worten:

„Freunde! Täten wir nicht besser, diesen Mann sich selbst und seinem Schicksal zu überlassen?“

Elli unterstützte ihren Onkel:

„Das wird für ihn gewiss die schlimmste Strafe sein!“

Der Scheuch, der Eiserne Holzfäller und der tapfere Löwe waren der gleichen Ansicht, und der ehemalige König der Smaragdenstadt wurde unter Schmährufen der Bürger und Farmer aus der Stadt geführt. Unterwegs drückte ihm jemand spaßeshalber den Holzclown in die Hand, den er seinerzeit belebt und der ihm als Horcher und Spion gedient hatte.

„Jetzt geh, wohin du willst“, sagte Faramant, der Hüter des Stadttores, „und versuch, ein guter Mensch zu werden. Das wird vor allem dir selbst nützen!“

Auf diese guten Worte erwiderte Urfin nur mit einem giftigen Blick auf Faramant. Hastig entfernte sich Urfin von dem Tor und beschritt den Weg, der mit gelbem Backstein gepflastert war.

‚Alle haben mich verlassen', dachte er grimmig. ‚Alle, die mir schmeichelten, als ich mächtig war, die an meinem Tisch aßen und tranken und mich überschwänglich lobten. Jetzt huldigen sie der kleinen Elli und dem Riesen von jenseits der Berge' (so nannte man Charlie Black im Zauberland).

Als er sich aber umblickte, erkannte Urfin, dass er sich geirrt hatte. Es gab ein Wesen, das ihm treu geblieben war: der Bär – Meister Petz –, der ihm in einiger Entfernung folgte. ‚Meister Petz hat mich nicht verlassen, wie schlecht es mir auch gehen mag. Ich habe ihm seinerzeit mithilfe des Zauberpulvers Leben eingeflößt, da er noch als verstaubtes Bärenfell auf der Diele lag. Dafür ist er mir zu ewiger Dankbarkeit verpflichtet ...'

Milder gestimmt, rief Urfin leise: „Meister Petz, komm her!“

Freudig lief der Bär auf seinen Herrn zu.

„Da bin ich, Gebieter! Was befiehlst du mir?“

Das Wort „Gebieter“ war wie Balsam auf der Wunde, die in Urfins Herz klaffte. ‚Noch bin ich Herr und Gebieter, wenn auch nur für einen bescheidenen Diener und nichtswürdigen Clown.‘ Eine leise Hoffnung regte sich in Urfin: ‚Feiern meine Feinde nicht zu früh ihren Sieg? Noch bin ich jung und wieder frei! Niemand hat mir den unbeugsamen Willen rauben können! Noch besitze ich meinen schlauen Kopf und geschickte Hände, die ich unter günstigen Umständen zu gebrauchen wissen werde!‘

Urfin straffte seine gebeugten Schultern, ein schwaches Lächeln trat in sein dunkles Gesicht mit den buschigen Brauen und den Raubtierlippen.

Er wandte sich nach der Smaragdenstadt um und schüttelte die Faust: „Ihr werdet es noch bereuen, erbärmliche Dummköpfe, dass ihr mich freigelassen habt!“

„Sie werden es bereuen“, piepste der Clown.

Urfin schwang sich auf den Rücken des Bären.

„Trag mich, wackerer Diener, in die Heimat, zu den Käuern“, befahl er. „Dort steht mein Haus, ich will hoffen, dass es unversehrt ist. Dort werden wir vorerst Zuflucht finden!“

„Dort liegt auch unser Garten, Herr und Gebieter!“, sagte der Bär beflissen. „Im Nachbarwald gibt es viele fette Kaninchen. Die werde ich für dich jagen.“

Das einfältige Gesicht des Bären strahlte vor Freude: ‚Jetzt werde ich wieder mit meinem geliebten Herrn in stiller Zurückgezogenheit und unbeschwert leben.‘

Doch Urfin dachte anders: ‚Das Haus soll mir nur eine zeitweilige Zuflucht sein, ich werde mich darin verbergen, bis man mich vergessen hat. Dann aber werden wir sehen!‘

Urfins Heimweg war eine einzige Qual. Er wollte unerkannt zurückkehren, aber Kaggi-Karr duldete das nicht. Mithilfe ihrer zahlreichen Verwandtschaft beobachtete die Krähe jeden Schritt des Ausgestoßenen. Alle, die an der Gelben Backsteinstraße lebten, wurden von den Abgesandten Kaggi-Karrs über das Nahen Urfins unterrichtet.

Männer und Frauen, Greise und Kinder standen entlang der Straße Spalier und warfen Urfin verächtliche Blicke zu. Dieser hätte es leichter ertragen, wenn sie geschimpft oder mit Steinen und Knüppeln nach ihm geworfen hätten. Aber die Grabesstille, der Hass, der in ihren Gesichtern stand, die eiskalten Augen – das war viel, viel schlimmer.

Die rachsüchtige Krähe hatte alles genau berechnet. Urfins Weg in die Heimat war eine endlose Qual.

Mit welcher Wonne hätte er sich auf jeden seiner Feinde gestürzt, ihn an der Kehle gepackt und gewürgt! Das Röcheln des Opfers wäre Musik in seinen Ohren. Doch das konnte sich Urfin jetzt nicht leisten. Die Zähne zusammengepresst und den Kopf gesenkt, ritt er auf seinem Bären, ohne nach links oder rechts zu schauen.

Der Clown Eot Ling saß auf seiner Schulter und flüsterte ihm ins Ohr: „Mach dir nichts draus, Gebieter, alles geht vorüber! Wir werden es ihnen heimzahlen!"

Urfin schlief im Wald unter einem Baum. Er wusste, dass kein Einwohner des Smaragdenen oder des Blauen Landes ihm ein Obdach für die Nacht angeboten hätte. Der Ausgestoßene ernährte sich von Früchten, die er von den Bäumen pflückte, und magerte schnell ab. Als er sich dem Wald der Säbelzahntiger näherte, wünschte er fast, dass eine dieser Bestien ihn überfalle und seinen Qualen ein Ende mache. Aber der Lebensdrang und der Wunsch, sich für die erlittenen Kränkungen zu rächen, waren in ihm stärker, und Urfin kam unbemerkt durch den gefährlichen Wald.

Da stand auch schon sein Haus. Mit Erleichterung stellte der Ausgestoßene fest, dass die Käuer es nicht angerührt hatten. Er holte den Schlüssel aus dem Versteck, sperrte die Tür auf und ging durch die düsteren Zimmer, in denen sich während seiner langen Abwesenheit viel Staub angesammelt hatte.

ERSTER TEIL

Der Riesenvogel

Die Schlacht in der Luft

Sieben Jahre waren nach der Vertreibung Urfins aus der Smaragdenstadt vergangen, und vieles hatte sich in der Welt geändert. Elli Smith hatte die Schule beendet und ein pädagogisches College in der Nachbarstadt belegt, um Lehrerin zu werden. Ihre jüngere Schwester, Ann (sie wurde geboren, als Elli sich im unterirdischen Königreich befand), ging in die erste Klasse und lernte das Abc.

Der einbeinige Seemann Charlie Black hatte ein Schiff gekauft und mehrere Reisen nach den Inseln Kuru-Kusu unternommen, deren Bewohner ihn jedes Mal freudig empfingen.

Wie aber sah es im Wunderland aus?

Die Zwinkerer und die Käuer lebten wie eh und je, doch völlig verändert hatte sich das Leben der unterirdischen Erzgräber, bei denen sich Elli während ihrer letzten Reise im Zauberland aufhielt.

In einer riesigen Höhle dieses Landes hatten Elli und ihr Cousin Fred Cunning viele wunderbare Abenteuer erlebt. Es war ihnen gelungen, die Schlafwasserquelle wieder sprudeln zu lassen und die sieben unterirdischen Könige einzuschläfern, die abwechselnd das Land regiert hatten. Das Merkwürdigste an der Sache war, dass die Monarchen nach ihrem Erwachen ihre königliche Würde völlig vergaßen und sich in Hufschmiede, Bauern und Weber verwandelten. Wie ihre ehemaligen Untertanen arbeiteten sie jetzt, um sich und ihre Familien redlich zu ernähren.

Nach dem Sturz der Könige waren die Einwohner des unterirdischen Landes in die obere Welt gezogen, wo sie sich auf brachliegenden Böden in der Nachbarschaft der Käuer niederließen. Sie säten Weizen und Flachs, trieben Gartenbau, mästeten Vieh und bearbeiteten Metalle. Lange Zeit trennten sie sich nicht von den Sonnenbrillen, denn ihre an das Halbdunkel gewöhnten Augen konnten das Tageslicht nur schlecht vertragen.

In Urfins Leben hatte sich während der langen Jahre der Abgeschiedenheit nichts geändert. Er zog in seinem Garten Gemüse, von dem er jährlich drei Ernten einbrachte.

Beim Umgraben der Beete untersuchte der ehemalige König sorgfältig den Boden seines Gartens. Er lechzte danach, Körnchen von der wunderbaren Pflanze zu entdecken, aus der er das Leben spendende Pulver gewonnen hatte. Jetzt würde er gewiss nicht mehr Holzsoldaten damit beleben, o nein! Er würde ein eisenbeschlagenes Ungeheuer anfertigen, unverwundbar gegen Pfeile und Feuer, und erneut Herrscher des Wunderlandes werden!

Aber all sein Suchen war vergeblich und obendrein sinnlos. Wäre auch nur ein einziger Keim

der ungewöhnlichen Pflanze der Vernichtung entgangen, so hätte sie doch den ganzen Garten überwuchert!

Jeden Abend und jeden Morgen blickte Urfin zum Himmel, in der Hoffnung, dass wieder ein Gewitter käme, wie einst, das die Samen der ungewöhnlichen Pflanze hierher verweht hatte. Es gingen zwar Gewitter über das Land nieder, aber sie hinterließen nichts als wüste Zerstörung.

Urfin, der im Bewusstsein seiner Macht über Tausende und Abertausende Menschen geschwelgt hatte, musste sich jetzt mit dem bescheidenen Los eines Gärtners zufrieden geben. Natürlich brauchte er sich unter dem segensreichen Himmel des Zauberlandes nicht um Essen zu sorgen, umso mehr, als der Bär ihm oft fette Kaninchen und Hasen aus dem Wald brachte.

Aber nicht darauf waren die Sinne des Ausgestoßenen gerichtet. Jede Nacht träumte er von einem königlichen Gewand, und jeden Morgen erwachte er enttäuscht und mit klopfendem Herzen.

In den ersten Monaten seines Einsiedlerlebens traf Urfin bei seinen Spaziergängen oft Käuer, besonders, wenn er in Richtung des kleinen Dorfes Kogida ging, in dem er geboren worden und aufgewachsen war. Die Landsleute mieden ihn aber und wichen seinen Blicken aus. Selbst ihre Rücken schienen Hass gegen ihn auszustrahlen.

Aus den Wochen wurden Monate und aus den Monaten Jahre. Mit der Zeit legte sich der Hass, und die Erinnerung an Urfins Verbrechen verblasste.

Nach etlichen Jahren begannen die Einwohner Kogidas den Ausgestoßenen freundlich zu grüßen. Hätte Urfin jetzt in das Dorf umziehen wollen, so hätte ihn niemand daran gehindert. Aber Urfin erwiderte nur trocken die Grüße der Leute und ließ sich mit niemandem in ein Gespräch ein. Sein ganzes Gebaren zeigte, dass die Gesellschaft der Menschen ihm unangenehm sei. Die Käuer zuckten mit den Schultern und ließen den menschenscheuen Gärtner zufrieden. Urfin aber spann weiter seine rachgierigen Träume.

Als er einmal um die Mittagszeit in seinem Garten grub, hörte er über sich ein wildes Geschrei. Aufblickend gewahrte er im azurblauen Himmel drei Adler, die erbittert miteinander kämpften. Zwei schlugen mit ihren Schnäbeln und Schwingen wild auf einen dritten ein, der sich verzweifelt wehrte. Zuerst schienen die Adler nicht besonders groß zu sein, aber als sie tiefer herabstiegen, erkannte Urfin, dass es ungeheuer große Vögel waren.

Das Geschrei der Riesenvögel wurde, je mehr sie sich der Erde näherten, immer durchdringender. Einer, offenbar schwer verwundet, denn seine Bewegungen wurden immer langsamer, faltete plötzlich die Schwingen, überschlug sich mehrmals und stürzte.

Mit einem dumpfen Aufschlag fiel der Vogel auf die kleine Wiese vor Urfins Haus. Urfin näherte sich ihm zaudernd, denn der Vogel konnte, selbst wenn er tödlich verwundet war, mit einem einzigen Flügelschlag einen Mann umwerfen.

Aus der Nähe erkannte Urfin, dass es ein Vogel von gewaltigem Ausmaß war. Seine ausgebreiteten Schwingen reichten von einem Ende der Wiese bis zum anderen, und das waren immerhin an die dreißig Schritt. Mit Staunen gewahrte Urfin, dass der Vogel noch lebte. Sein Körper bebte kaum merklich, und in seinen Augen mischten sich Stolz und Demut. Die zwei anderen Adler näherten sich in der offenkundigen Absicht, den Feind völlig zu vernichten.

„Hilf mir!“, wimmerte der Riesenvogel.

Urfin ergriff einen dicken Knüppel, der am Zaun lehnte, und schwang ihn drohend in der Luft. Die Angreifer stiegen wieder in die Höhe und begannen über Urfins Garten Kreise zu ziehen.

„Sie wollen mir den Garaus machen“, sagte der verwundete Adler. „Bitte, grabe ein Loch neben mir aus und tu so, als wolltest du mich begraben. Meine Feinde werden diesen Ort nicht eher verlassen, als bis sie sich überzeugt haben, dass ich verscharrt bin. In der Dunkelheit werde ich mich in die Büsche schleppen und mich dort verbergen, während du die Erde in die leere Grube schaufelst.“ Nachts wurde die List ausgeführt. Am Morgen kreisten die Riesenadler eine Zeit lang über dem leeren Grab, und als sich nichts darin regte, flogen sie in nördlicher Richtung fort.

Die Geschichte Karfax'

Die Wunder des Zauberlandes sind so zahlreich, dass ein ganzes Menschenleben nicht ausreichen würde, sie alle zu erzählen.

In einem abgelegenen Tal der Weltumspannenden Berge, in ihrem Norden, lebte ein Stamm gigantischer Adler, zu dem Karfax, Urfins unerwarteter Gast, gehörte.

Als er sich von seinen Wunden erholt hatte, erzählte Karfax:

„Unser Stamm lebt in den Weltumspannenden Bergen seit unvordenklichen Zeiten. Wir sind nicht sehr zahlreich, denn wir ernähren uns nur von Wildziegen und Steinböcken, die die Hänge und Schluchten bevölkern. Die Ziegen könnten sich vermehren und ein sorgenfreies Leben führen, würden wir Adler sie nicht daran hindern.

Mit unserem scharfen Blick, unserer Kraft und Geschwindigkeit könnten wir alle Ziegen und Steinböcke ausrotten. Doch wir tun es nicht, da wir wissen, dass wir dann Hungers sterben müssten. Ein altes Gesetz befiehlt, dass die Zahl unserer Stammesgenossen einhundert nicht überschreite."

„Wie gelingt euch das?", fragte Urfin neugierig.

„Unser Gesetz ist in dieser Hinsicht sehr streng", erwiderte Karfax. „Eine Adlerfamilie darf nur dann ein Junges ausbrüten, wenn einer der alten Stammesangehörigen eines natürlichen Todes stirbt oder bei einem Unfall umkommt, zum Beispiel, wenn er durch Unvorsichtigkeit auf der Jagd an einem Felsen zerschellt."

„Wer hat dann das Recht, den Ersatz für den Toten zu stellen?"

„Dieses Recht haben in strenger Reihenfolge alle Familien, die das Adlertal bevölkern. Der Brauch, der viele Jahrhunderte lang genau befolgt wurde, ist aber unlängst verletzt worden, und das brachte viel Unheil über uns. Wir leben sehr lange, einhundertfünfzig bis zweihundert Jahre, und deshalb kommt in unserem Tal längst nicht jedes Jahr ein Junges zur Welt. Würdest du sehen, wie unsere Adlerfrauen das Junge hegen und pflegen, wie sie sich streiten, wer es füttern oder unter seinen Fittichen wärmen soll! Oft drängen sie sogar die eigene Mutter von dem Jungen ab. Ja", seufzte Karfax, „die mütterlichen Gefühle unserer Frauen sind sehr stark, und das Glück, ein Junges ausbrüten zu dürfen, wird ihnen nur zwei- bis dreimal im Laufe ihres langen Lebens zuteil!"

‚Bei uns Menschen ist das viel einfacher', dachte Urfin. ‚Ein jeder darf so viele Kinder haben, wie er will, allerdings ist das keine geringe Bürde.'

Karfax fuhr fort: „Ich bin achtzig Jahre alt. Bei uns Riesenadlern ist man in diesem Alter im Vollbesitz seiner Kräfte und Gesundheit. In diesem Jahr kamen meine Frau Araminta und ich zum ersten Mal an die Reihe, ein Junges auszubrüten. Hoffnungsvoll warteten wir auf den Tag, da es meiner Frau vergönnt sein würde, ein Ei zu legen! Wir hatten in einer Felsvertiefung ein warmes Nestchen aus dünnen Zweigen und Laub gebaut ... Da brach der niederträchtige Arraches, unser Stammesältester, das alte Gesetz und erklärte, dass jetzt seine Familie ein Junges ausbrüten werde! Er brauchte einen Erbfolger, denn sein einziger Sohn war kurz vorher auf der Jagd umgekommen ..." Karfax bebte vor Zorn, als er das ehrlose Vorgehen des Stammesältesten schilderte. Urfin aber dachte spöttisch, dass er sich über eine solche Kleinigkeit gewiss nicht aufgeregt hätte.

„Sag, durfte Arraches nach einem solchen Verstoß gegen den Brauch unserer Väter noch Stammesältester bleiben? Ich zumindest hielt es für eine Schande, ihm weiter zu gehorchen. Es fanden sich Artgenossen, die genauso dachten wie ich, und wir bereiteten einen Aufstand vor, um Arraches zu stürzen. Zum Unglück hatte sich ein Verräter in unsere Reihen eingeschlichen, der Arraches alles hinterbrachte und ihm die Namen der Verschwörer nannte. Eines Tages fielen Arraches und seine Anhänger über uns her. Ein jeder meiner Kameraden sah sich zwei bis drei Gegnern gegenüber. Araminta kam gleich in den ersten Minuten des Kampfes um. Auf mich stürzten sich Arraches und der Adler, der uns verraten hatte. Ich wollte mich durch Flucht retten, überquerte die Weltumspannenden Berge und flog tief in das Zauberland hinein. Die Feinde folgten mir ... Das Weitere ist dir bekannt", schloss Karfax müde seinen Bericht.

Es trat ein langes Schweigen ein. Dann fuhr der Adler fort:

„Mein Leben liegt jetzt in deiner Hand. In die Berge kann ich nicht zurück. Selbst wenn ich mich in ihren entlegenen Winkeln niederlasse, werden Arraches und seine Spione mich ausfindig machen und töten. In euren Wäldern kann ich nicht jagen. Du fütterst mich mit kleinen Tieren, die du Hasen und Kaninchen nennst. Sie sind schmackhaft.

Aber kann ich sie im dichten Wald erspähen, geschweige denn mit den Krallen packen?"

Nach kurzem Nachdenken sagte Urfin:

„Meister Petz jagt Wild für dich, und er wird es solange tun, bis du wieder gesund bist. Das Weitere wird sich finden, vielleicht fällt mir noch etwas ein."

In Urfins finsterer Seele keimte ein Plan. ‚Wie', dachte er, ‚soll ich den Riesenvogel meinen Zielen dienstbar machen?' Bot sich ihm da vielleicht das lang ersehnte Mittel, aus seinem ruhmlosen Dasein wieder hervorzutreten und „das Schicksal an den Hörnern zu packen", wie er sich auszudrücken pflegte?

‚Allerdings muss ich sehr vorsichtig sein', dachte Urfin. ‚Dieser Vogel mit seiner seltsamen Auffassung von Gerechtigkeit wird mir gewiss nicht helfen wollen, wenn meine Handlungen ihm unehrlich vorkommen … Nun, ich will nichts überstürzen, ich habe noch Zeit genug, mir alles gründlich zu überlegen.'

Die Pläne des schlauen Urfin

Durch unauffällige Fragen überzeugte sich Urfin, dass man im Adlertal von den Angelegenheiten der Menschen nichts wisse. Karfax hatte weder von dem schnellen Aufstieg Urfins noch von seinem schmählichen Sturz etwas gehört. Dem Bären verbot der Ausgestoßene, die Vergangenheit auch nur mit einem Wort zu erwähnen, und dem Clown befahl er, darauf zu achten, dass der Vogel und der Bär, der gerne schwatzte, niemals allein blieben. Er selbst begann kühner vorzugehen. Während der langen Gespräche, die er mit dem genesenden Adler führte, sagte er einmal wie nebenbei, dass er von dem Wunsch beseelt sei, unter den Menschen Gutes zu stiften.

„Warum lebst du dann im Wald, weit von der Schar deiner Stammesgenossen?", fragte Karfax verwundert.

„Siehst du, ich möchte nicht nur einem Dorf helfen", erwiderte Urfin schlau. „Gelänge es mir, mich an die Spitze eines ganzen Volkes zu stellen, dann könnte ich alle meine Fähigkeiten entfalten und zeigen, was in mir steckt."

„Wer hindert dich denn daran, Stammesältester zu werden?", fragte der vertrauensselige Adler.

„Meine Mitbürger verstehen mich nicht", erwiderte Urfin listig. „Sie denken, ich begehre die Macht aus Ehrgeiz, und begreifen nicht, dass ich mir ein viel höheres und edleres Ziel gesteckt habe."

Schließlich glaubte der Adler, dass Urfin wirklich ein edler Mensch sei, und erklärte sich bereit, ihm zu helfen, eine hohe Stellung unter den Menschen einzunehmen, damit er recht viel Gutes tun könne.

‚So, das wäre nun geschafft', dachte Urfin. ‚Jetzt muss ich mir nur noch einfallen lassen, wie ich mithilfe des Riesenvogels die Macht zurückerobere.'

‚Ein Krieg kommt nicht in Frage … Würde ich Karfax um meiner Erhöhung willen bitten, auch nur einen Menschen zu töten, dann wäre ihm meine Absicht sofort klar. Wer weiß, ob er mich dann wegen des Betrugs nicht zerfleischt …'

Urfin stellte sich mit Grauen vor, wie der ungeheure Vogel über ihn herfallen würde. ‚Ich muss mir eben etwas Gescheiteres einfallen lassen. Wie, wenn ich mich mithilfe des Adlers zum Herrscher eines rückständigen Volkes mache? Habe ich das Volk einmal in meiner Hand, so werde ich auch eine Armee und Waffen besitzen … Oh, dann hütet euch, Scheuch und Holzfäller!'

Urfin überlegte, in welchem Teil des Landes er am leichtesten die Herrschaft erringen könnte. Da kamen ihm die Springer in den Sinn.

Das kriegerische Volk der Springer lebte in den Bergen zwischen dem Großen Fluss und dem Besitztum Stellas. Noch war es niemandem gelungen, das Land der Springer zu durchqueren, denn sie ließen niemanden ein.

Als Elli während ihres Aufenthaltes im Zauberland in Begleitung ihrer Freunde – des Scheuchs, des Eisernen Holzfällers und des tapferen

Löwen – in das Gebiet der guten Fee Stella zog, lag ihnen das von Bergen umgebene Land der Springer als unüberwindliches Hindernis im Weg. Der Scheuch und der Löwe versuchten, die Berge zu besteigen, wurden aber von den mächtigen Fäusten der Springer niedergeschlagen. Elli und ihre Gefährten hätten das rosa Schloss Stellas niemals erreicht, besäße Elli nicht den Goldenen Hut, der ihr Macht über die Fliegenden Affen verlieh. Das Mädchen rief die Fliegenden Affen herbei, und diese trugen es mit seinen Gefährten durch die Luft zu Stella.

Vor vielen Jahrhunderten lebten die Marranen (so nannten sich die Springer) in einem unterirdischen Land am Ufer eines Flusses, der in den Mittelsee mündete. Der Überlieferung nach hatten sie dort Zuflucht gefunden vor starken Feinden, die sie von allen Seiten bedrängten. Dort, zwischen den Felsen, hatten die Marranen eine Stadt erbaut, deren Ruinen Elli Smith und Fred Cunning sahen, als sie ihre lange und gefährliche Reise im Schoß der Erde beendeten.

In jener weit zurückliegenden Zeit wussten die Marranen noch, wie man Feuer erzeugt. Sie fertigten eiserne Werkzeuge an, trieben Fischfang und jagten Sechsfüßer, die in der Umgebung in Überfluss vorhanden waren. Mit der Zeit hatten sich die Marranen aber so stark vermehrt, dass ihre Nahrung – Fisch und Wildfleisch – nicht mehr ausreichte. Ackerbau konnten sie aber nicht treiben, weil dies auf dem felsigen Boden nicht möglich war.

Da verließen die Marranen unter der Führung des Fürsten Gron ihr düsteres Land. Sie versuchten zuerst, den unterirdischen Erzgräbern einen Teil ihrer weiträumigen Ebene abzuringen, aber die Krieger der sieben Könige schlugen den Überfall der Springer zurück, und diesen blieb nichts anderes übrig, als auf der Erdoberfläche ihr Heil zu suchen.

Das Leben in der oberen Welt war für die Marranen nicht leicht. Ihre an das ewige Halbdunkel der Höhle gewöhnten Augen konnten sich monatelang dem grellen Tageslicht nicht anpassen. Deshalb bewegten sie sich nur nachts. Halb blind irrten sie lange durch das Zauberland, kamen in Schlachten mit der eingeborenen Bevölkerung um, fielen wilden Tieren zum Opfer, starben vor Hunger und ertranken beim Überqueren der Flüsse. So vergingen mehrere Jahre.

Auf ihrer Wanderschaft verwilderten die Marranen, verloren ihr Handwerkszeug und verlernten es, das Feuer zu nutzen. Schließlich kam Fürst Gron mit einer kleinen Gruppe von Flüchtlingen in ein verlassenes Tal, das ihnen auf Jahrhunderte als Zufluchtsstätte dienen sollte. Hier vermehrten sie sich wieder, blieben aber auf einer sehr niedrigen Entwicklungsstufe.

Die Erinnerung, dass ihre Ahnen einst in einer düsteren Welt gelebt hatten, wurde zuerst den Kindern überliefert und verwandelte sich dann in Sagen, die nach und nach in Vergessenheit gerieten. Die Marranen hatten so lange in völliger Abgeschiedenheit gelebt, dass die Menschen in anderen Teilen des Zauberlandes über sie nur sehr wenig wussten.

Auch Urfin Juice hatte nur eine vage Vorstellung von den Marranen. Er wusste nicht, wie ihre Häuser aussahen, wovon sie sich ernährten, welchen Leidenschaften sie frönten und womit man auf sie Eindruck machen konnte. Vor ein starkes und unabhängiges Volk konnte er aber nicht hintreten, ohne zu wissen, was ihn dort erwarte.

‚Ich werde alles genau auskundschaften müssen', dachte Urfin. Aber wer sollte ihm Kundschafterdienste leisten? Er selbst konnte nicht hingehen, denn er musste unerwartet vor den Springern auftauchen, als ihr Herr und Gebieter. Sollte er Meister Petz hinschicken? Das ging nicht. Der Bär war zu schwerfällig und ungeschickt, zudem fehlte ihm die Gabe, sich zu verbergen und zu verstellen, was für einen guten Kundschafter unerlässlich ist. Da fiel Urfins Auge auf den Holzclown. ‚Der ist der Richtige', dachte Juice.

Er erinnerte sich, wie der Clown ihm bei der Belagerung der Smaragdenstadt geholfen hatte. Mehrere Angriffe der Holzsoldaten waren damals zurückgeschlagen worden, und Urfin befand sich in einer sehr schwierigen Lage. Da hatte er den Einfall, den Clown über die Mauer zu werfen. Der listige Eot Ling konnte einen reichen Bürger zum Verrat überreden, und der öffnete den Belagerern nachts das Stadttor.

„Eot Ling, komm her!", befahl Urfin. Der Clown trippelte beflissen auf seinen Herrn zu.

„Da bin ich, Gebieter!"

„Hör zu. Ich habe einen sehr wichtigen Auftrag für dich."

Urfin weihte den Clown in seine Pläne ein und erklärte ihm, was er zu tun habe. Eot Ling aber wandte ein:

„Das Land der Springer liegt sehr weit von hier, Herr! Es wird eine lange und gefährliche Reise sein."

„Karfax braucht für den Weg nur ein paar Stunden. Er wird dich hintragen, und du wirst alles ausspionieren."

Von nun an warteten Urfin und sein Diener Eot Ling ungeduldig auf die Genesung des Adlers. Der Riesenvogel fraß jetzt die Kaninchen und Hasen, die der Bär regelmäßig herbeischaffte, bis auf das letzte Knöchelchen. Karfax hatte den gutmütigen Bären, der ihn so wacker versorgte, lieb gewonnen.

Schließlich kam der Tag, an dem der Adler zum ersten Mal nach seinem Sturz einen Flugversuch unternahm. Als er in geringer Höhe über dem Wald flog, zitterten unter seinen riesigen Schwingen die Wipfel der Bäume so heftig, dass die entsetzten Eichhörnchen auseinander stoben. Mit jedem Tag flog nun Karfax immer weiter und höher, seine Kräfte nahmen zu, und bald war er so gut bei Kräften, dass er Urfin zu einem Spazierflug einlud.

Urfin willigte nur zaudernd ein. Er stellte sich vor, wie schrecklich es sein müsse, hoch in der Luft ohne eine andere Stütze als den Rücken des Adlers zu fliegen. ‚Aber', dachte er, ‚wenn ich mich dazu nicht entschließe, werde ich niemals das Land der Springer sehen, niemals die Macht erobern und mich niemals an meinen Feinden rächen können.' Urfin überwand seine Angst und gab seine Zustimmung.

Der erste Schritt ist immer schwer. Bald war Urfin so weit, dass er sein Gesicht mit Vergnügen dem Wind entgegenhielt und stolz auf die unter ihm vorbeirasenden Felder und Wälder blickte.

„Das alles wird bald mir gehören!", brummte er leise, damit Karfax ihn nicht höre.

Urfin teilte dem Adler mit, dass er sich an die Spitze des Volkes der Springer zu stellen beabsichtige.

„Das sind dumpfe, unwissende Menschen", sagte er, „sie führen ein schweres Leben. Ich will ihnen alle Freuden bieten, die ein Mensch unter der Sonne unseres Landes erlangen kann."

Karfax erklärte sich bereit, Eot Ling zu den Springern zu fliegen. Urfin nähte für den Clown ein Kleid aus Kaninchenfell, in dem Eot wie ein kleines flinkes Tierchen aussah. Selbst wenn ihn jetzt ein Springer entdeckte, würde er ihn nicht für den Kundschafter eines fremden Landes halten.

Eines Morgens erhob sich Karfax von der kleinen Wiese vor Urfins Haus in die Luft und nahm Kurs auf das Land der Springer, das westwärts lag. Am Hals des Adlers hing als Proviant ein Bündel Kaninchen. Auf seinem Rücken lag der Clown, der sich an den Federn festhielt.

Am Abend des folgenden Tages kehrte der Adler zurück. Er erzählte, dass er nachts, als die Springer schliefen, Eot Ling über die Berge getragen und an einem verlassenen Ort abgesetzt habe. Dort würde der Clown ihn in zehn Tagen erwarten.

Diese zehn Tage kamen Urfin wie eine Ewigkeit vor.

Als sie um waren, flog Karfax wieder nach dem Westen und kehrte mit dem Clown zurück, der unversehrt war und recht zufrieden aussah. Eot Ling zog das lästige Kaninchenfellkleid aus und warf seinem Herrn einen vielsagenden Blick zu. Urfin verstand, dass er mit ihm unter vier Augen sprechen wolle, und trug ihn in das Haus.

Als sie allein waren, rief Eot Ling fröhlich: „Diese Dummköpfe! Ach, Herr, wüsstest du, wie einfältig sie sind. Freilich können sie auch gefährlich sein, und man muss sich deshalb vor ihnen in Acht nehmen", fügte er hinzu.

„Na, erzähl schon!", brummte Juice ungeduldig.

Der Clown begann zu erzählen, was er in den zehn Tagen seines Aufenthaltes im Land der Marranen gesehen und gehört hatte.

Leben und Sitten der Springer

Eot Ling hatte vieles ausgekundschaftet. In seinem grauen Kleid, das ihn einer großen Ratte ähnlich machte, war er um die Dörfer gestrichen und in Häuser eingedrungen, hatte gelauert und gehorcht. Nur einmal erwischte ihn ein Junge (Kinder passen gewöhnlich schärfer auf als Erwachsene), doch der Clown biss ihn so stark in den Finger, dass der Kleine vor Schmerz aufschrie und ihn losließ.

Eot Ling erzählte: Das Volk der Springer sei zahlreich, es besitze allein an erwachsenen Männern mehrere Tausend. Bei dieser Nachricht nickte Urfin freudig mit dem Kopf: ‚Aus ihnen wird eine starke Armee', dachte er bei sich.

Das Land der Springer liege in einer runden Ebene, die von steilen Bergen umgeben sei, fuhr der Clown fort, welche das Tal gegen Winde schützen. Tags sei es dort immer warm, nachts aber kalt. Die Einwohner bauen keine Häuser, dazu fehle es ihnen an Geschick. Sie leben in Strohhütten oder begnügen sich einfach mit Strohdächern, die auf Pfählen ruhen, und kleiden sich leicht. Die Männer tragen lange Hosen und ärmellose Röcke, die Frauen kurze Kleider. Bei den Schwätzern, den Untertanen Stellas, tauschen die Marranen Edelsteine, die sie in den Bergen gewinnen, gegen Kleider, Äxte, Messer und Spaten.

Die Marranen seien klein von Wuchs, aber gedrungen, haben große Köpfe, lange, starke Arme mit mächtigen Fäusten und sehr kräftige Beine, die sie befähigen, gewaltige Sprünge zu machen. Deshalb nennen die Einwohner der Nachbarländer sie auch Springer. Allerdings mögen die Marranen diesen Namen nicht. Ihr Herrscher sei Fürst Torm …

„Wohl ein ehrwürdiger Greis mit einem langen, grauen Bart?", unterbrach Urfin seinen Diener.

„Nein, Herr", entgegnete Eot Ling. „Diese Leute tragen keine Bärte, nicht einmal Schnauzbärte. Das Haar im Gesicht ist ihnen lästig, und sie befreien sich davon auf eine merkwürdige Art. In ihrem Land gibt es eine Quelle, die von ätzendem braunem Schlamm umgeben ist. Wenn einem Marranenjüngling der Bart zu wachsen beginnt, begibt er sich zu dieser Quelle, schmiert das Gesicht mit Schlamm ein und lässt es in der Sonne trocknen. Nach einigen Stunden fällt die Schlammkruste stückweise ab und nimmt für immer die Haare mit. Nach dieser Operation wird der Jüngling von seinen Angehörigen mit Liedern und Tänzen empfangen. Erst dann erhält er die Bürgerrechte und darf heiraten."

„Wirklich merkwürdig", murmelte Urfin.

Eot Ling setzte seinen Bericht fort.

Im Land der Marranen gäbe es oft Gewitter. In den zehn Tagen seines dortigen Aufenthaltes hatten sich zwei Gewitter entladen.

Die Gewitter im Springerland seien schrecklich. Ununterbrochen blitze und donnere es. Das Krachen des Donners, von den Hängen zurückgeworfen, vermische sich mit dem eigenen Echo zu einem ohrenbetäubenden Getöse. Dabei gieße es in Strömen. Die Blitze schlagen oft in die Strohhütten ein und setzen sie in Brand. Dann stürzen die Einwohner hinaus und blicken mit vor Schreck geweiteten Augen in die lodernden Flammen, die sie nicht zu löschen wagen, da sie das Feuer für eine strafende Gottheit halten, vor der sie sich verneigen. Es sei noch keinem Marranen eingefallen, das Feuer in seinem bescheidenen Haushalt zu nutzen.

‚Großartig', dachte Urfin. ‚Damit lässt sich allerhand anfangen!'

In der Mitte des Tals läge ein großer, aber seichter See, auf dem üppig Schilfrohr wachse, fuhr Eot Ling fort. Im Schilf hausen unzählige Enten. Nach der Brutzeit, solange die Entenjungen noch nicht fliegen können, veranstalten die Marranen Massenjagden auf sie, bei denen sie Schleudern benutzen. Die Beute werde eingesalzen und in natürlichen Kellern aufbewahrt – das sind Höhlen, die tief in die Berge hineinreichen.

Um den See breiten sich fruchtbare Felder, die die Springer mit Weizen bebauen. Sie backen kein Brot, weil sie kein Feuer zu machen verstehen. Sie zermahlen die Körner mit Mühlsteinen, und aus dem Mehl, das sie mit kaltem Wasser anrühren, bereiten sie einen Brei, den sie essen.

„Sie sind mein!“, rief Urfin. „Wenn ich ihnen beibringe, wie man Enten brät und Brot bäckt, werden sie mich für einen großen Wundertäter halten und mir überallhin folgen.“

Trotz dieser kargen Nahrung seien die Marranen kerngesund und sehr kräftig. Sie haben viel freie Zeit, die sie dem Sport widmen: dem Springen, Laufen und vor allem dem Faustkampf.

Die Boxkämpfe seien dort sehr beliebt. Die furchtbaren Hiebe könnten einen Stier umwerfen, ihnen aber machen sie nichts aus. Die Marranen haben eine komische Art, den Sieger auszuzeichnen. Er darf seine blauen Flecke mit dunklem Lehm untermalen und sie stolz zur Schau tragen. Der Besiegte hingegen ist verpflichtet, die Spuren zu verbergen und sie so schnell wie möglich zu heilen. Einen Besiegten, dem es einfallen würde, sich mit seinen Verletzungen zu brüsten, würde man als schamlos bezeichnen.

Die Marranen seien leidenschaftliche Zuschauer der Sportkämpfe, richtige Fans, die oft wetten, welcher Boxer oder Läufer gewinnen werde. Da sie Geld nicht kennen, zahle derjenige, der die Wette verloren hat, mit der eigenen Freiheit. Im Laufe eines oder zweier Monate, manchmal auch länger, müsse er dann für den glücklichen Gewinner arbeiten: ihm eine neue Hütte bauen, für ihn das Feld bestellen, Getreide mahlen oder Enten fangen und einsalzen.

Wer für eine Zeit lang die Freiheit verloren habe, werde durch ein besonderes Mal gezeichnet: Mit dem ätzenden Saft der Wolfsmilch werde auf seiner Stirn ein senkrechter Strich gezogen, der lange haften bleibt. Vergeht das Zeichen, ehe die Frist der Unfreiheit abgelaufen ist, so wird es erneuert. Mancher Tropf, der es mit dem Wetten zu weit treibe, bleibt jahrelang in Unfreiheit, und das Zeichen der Sklaverei frisst sich für immer in seine Haut ein.

Selbst der mürrische Urfin musste schmunzeln, als er diese Einzelheiten aus dem Leben der Springer hörte. Sie bestärkten ihn in der Überzeugung, dass er sich diese albernen Menschen leicht unterwerfen würde.

Eot Ling schloss jedoch seinen Bericht mit einer Warnung:

„Die Marranen sind gefährliche Leute, Herr! Sie sind jähzornig und lassen sich leicht zu Tätlichkeiten hinreißen. Wenn einer von ihnen sich betrogen oder gekränkt fühlt, fängt er eine Schlägerei an, bei der er weder sich noch den Gegner schont."

„Schon gut, mein treuer Diener. Das sind sehr wertvolle Auskünfte", sagte Urfin. „Aus den Marranen werden sich gute Krieger machen lassen, freilich nicht mit Gewalt, sondern mit Schlauheit. Ich weiß, was ich zu tun habe."

Urfin ging auf den Hinterhof, goss Wasser und Krappwurzelsaft in einen Kessel und zündete darunter ein Feuer an.

Mit der Lösung wollte er seinen besten Anzug rot färben. Damit begann er die Vorbereitungen zu seinem riskanten Unternehmen.

Eine ungewöhnliche Erscheinung

Urfin Juice war davon überzeugt, dass die Vorsehung ihm Karfax geschickt habe, um ihm, Urfin, bei der Verwirklichung seiner ehrgeizigen Pläne zu helfen. Er beschloss, in einer mondlosen Nacht, von zuckenden Flammen umgeben, mit dem Riesenvogel zu den Marranen hinabzusteigen, die bei diesem Wunder erbeben und ihn für einen Gott halten würden.

Der Ausgestoßene traf Vorbereitungen zum Verlassen der Heimat, der er schon lange überdrüssig war. Karfax war mittlerweile mit dem Clown mehrmals in das Land der Marranen geflogen, wo Eot Ling nachts das Tischlerwerkzeug und die allernotwendigsten Haushaltsgeräte versteckte. Dann brachte der Adler auch den Bären dorthin. Der Bär, sagte sich Urfin, dem Pfeile und Lanzen nichts anhaben können und der weder Schlaf noch Essen braucht, würde ihm ein zuverlässiger Beschützer sein inmitten der starken und gefährlichen Springer, seiner zukünftigen Untertanen. Wichtig war auch, dass die Springer, in deren Land es keine Bären gab, Meister Petz für ein Wunder halten mussten.

Bei der Abreise schloss Urfin sein Haus nicht ab wie das letzte Mal, sondern legte trocknes Laub und Zweige in ein Zimmer und zündete sie an. Ob er nun die Herrschaft über die Springer erringen werde oder nicht, hierher wollte er nie mehr zurückkehren, denn er hatte das Gärtnerleben satt.

‚Was immer auch kommen möge, ich stelle mich dem Schicksal!', entschied er.

Im Glanz des Feuers wollte er vom alten Leben Abschied nehmen und ein neues beginnen.

Urfins Haus brannte lichterloh. Die Einwohner Kogidas sahen, wie der Himmel sich rötete und im Widerschein des Feuers ein riesiger Schatten nahte.

Seit dem Auszug der Marranen aus dem unterirdischen Land waren Hunderte von Jahren vergangen, in denen es viele Naturkatastrophen gegeben hatte: Brände, Überschwemmungen, Erdrutsche. Aber noch nie hatten die Marranen solche Aufregung erlebt wie an jenem denkwürdigen Abend. Es begann damit, dass in dem Ort, in dem Fürst Torm regierte, nach Anbruch der Dunkelheit ein braunes zottiges Tier auftauchte, das keinem der von ihnen bisher gesehenen glich.

„Achtung, Marranen, Achtung!", brüllte es. „Heute Abend wird euch am Himmel der mächtige Feuergott Urfin Juice erscheinen, euer künftiger Herrscher!"

Dann begann das kleine Holzmenschlein, das auf dem Rücken des Tieres saß, mit schriller Stimme zu rufen: „Menschen des Marranenlandes, freut euch und frohlocket, der Feuergott Urfin Juice wird jetzt vom Himmel zu euch herabsteigen!"

Die herbeieilenden Marranen fragten Fürst Torm bestürzt, was das zu bedeuten habe. Der Fürst konnte ihnen aber auch keine Antwort geben. Da zeigte sich über dem Dorf ein riesiger Schatten, von zuckenden Flammen umgeben.

„Blitze!", raunten entsetzt die Marranen.

Während der Schatten immer tiefer sank, ertönte eine Donnerstimme:

„Ich begrüße euch, meine geliebten Marranen!“

Auf den Platz ging ein riesiger Vogel nieder, von dessen Rücken ein Mann in rotem Gewand sprang. Er trug einen grellroten Hut mit weißen Federn und hielt in der hocherhobenen Hand eine brennende Fackel, von der nach allen Seiten hin Funken stoben.

Urfin Juices Erscheinen war außerordentlich effektvoll.

Die Springer sanken auf die Knie und schlugen die Hände vors Gesicht, um sich vor den Flammen zu schützen. Da rief der Herabgestiegene mit schallender Stimme:

„Fürchtet euch nicht! Ich bin nicht mit bösen, sondern mit guten Absichten zu euch gekommen! Vor allem sollt ihr euch davon überzeugen, dass die Flamme, die bisher Tod und Verderben über euch brachte, von jetzt an euer Diener ist. Meister Petz“, wandte sich Urfin an den Bären, „bring Stroh herbei!“

In der Nähe lag ein Haufen Stroh, das jemand für den Bau einer Hütte vorbereitet hatte. Der Bär schleppte es heran, und Juice zündete es an. Eine Flamme schoss empor, vor der die Marranen scheu zurückwichen. Urfin brach in ein schallendes Gelächter aus.

„Habt keine Angst, Eure Durchlauchten Fürst Torm und Fürstin Juma, und ihr ehrwürdigen Ältesten – Grem, Laks und Wenk – fürchtet euch nicht und tretet näher!"

Ein Raunen ging durch die Menge.

„Er kennt alle beim Namen! O Wunder! Das ist ein Gott!"

Das Geraune wurde von Eot Lings schriller Stimme übertönt:

„Der große Urfin ist allmächtig, Himmel und Erde sind ihm untertan!"

Und der arglose Karfax fügte mit krächzendem Bass hinzu:

„Urfin Juice ist edel, er führt nur Gutes im Sinn!"

Als die Flamme erlosch, traten die Marranen näher. Die Nacht war kühl wie immer in diesem Tal, und die Menschen froren. Die glimmende Asche strahlte wohlige Wärme aus, und Torm und die Stammesältesten wandten ihr bald die eine, bald die andere Seite ihrer Körper zu. Ei, dachten sie, dieser Abgesandte des Himmels hat uns die Wärme und das Licht der Sonne gebracht!

Alle glaubten jetzt an die Zauberkraft Urfin Juices und waren bereit, ihn nicht nur als König, sondern auch als Gott zu verehren.

Charlie Blacks Feuerzeug

Unter den Sachen Urfin Juices befand sich ein Gegenstand, der ihm besonders teuer war. In der Welt jenseits der Berge konnte man dieses zierliche Ding für wenig Geld kaufen, im Zauberland aber hielt man es für ein Wunder.

Dabei war es nur ein einfaches, flaches Feuerzeug.

Urfin hatte es ergattert, als er, vom Thron gestürzt, im Gefängnis saß und auf die Gerichtsverhandlung wartete. Damals war der einbeinige Seemann Charlie Black zu ihm gekommen und hatte ihm lange zugeredet, er solle seine Verbrechen bereuen. Urfin war jedoch zu verstockt, um Reue zu üben.

Verärgert wandte sich der Seemann ab und ging. In diesem Augenblick glitt das Feuerzeug aus seiner Tasche und fiel auf das Stroh, das den Boden bedeckte. Kaum war Black aus der Tür, sprang Urfin auf und steckte das Feuerzeug ein, da er dessen Wert kannte.

Er verbarg das Feuerzeug in seinen Kleidern und nahm es in die Verbannung mit. Das schmucke Ding strömte einen Geruch aus, der Urfin gefiel, wenngleich er keine Ahnung hatte, was Benzin ist. Als das Benzin verdunstete, machte sich Urfin zunächst große Sorgen, aber dann trieb er eine Flasche leichten Petroleums auf, das ihm das Benzin ersetzte.

Viele Jahre lang bewahrte Urfin das Feuerzeug, das er von Zeit zu Zeit hervorholte, um sich an seinem Anblick zu ergötzen. Als er die Rolle des Feuergottes der Marranen zu spielen beschloss, erwies ihm das Feuerzeug einen großen Dienst, denn damit konnte er den Springern vorgaukeln, dass das Feuer ihm auf den Wink gehorche.

Früher pflegte er, um Feuer zu erzeugen, ein Stahlplättchen an einem Feuerstein zu reiben, bis ein Funken auf den Zunder fiel, und dann auf diesen zu blasen, bis er zu glimmen anfing. Das forderte Zeit und machte keinen starken Eindruck. Anders, wenn das Feuer aus der ausgestreckten Hand hervorspringt und augenblicklich ein Bündel Stroh entzündet, das lichterloh brennt und Wärme verbreitet.

Natürlich hätte Urfin im Dorfladen Streichhölzer kaufen können, doch sagte er sich, mit einem Feuerzeug werde er sich viel besser als Gott aufspielen können.

Gleich nach seiner Ankunft versetzte Urfin die Marranen in gewaltiges Staunen, als er aus der ausgestreckten Hand viele Male hintereinander Feuer aufblitzen ließ, worüber die Zuschauer jedes Mal in helle Begeisterung ausbrachen.

Wie die Götter leben

Urfins Wunsch, so schnell wie möglich Herrscher des Wunderlandes zu werden, war so stark, dass er keinen Tag verlieren wollte.

Die erste Nacht verbrachte Urfin in der Hütte Torms auf dessen Lager, und am nächsten Morgen erklärte er dem Fürsten, man müsse sofort darangehen, einen Palast für ihn, den Feuergott, zu bauen. In seinen himmlischen Besitztümern, sagte Urfin, habe er herrliche Paläste zurückgelassen.

Tausende Menschen begannen aus den Bergen Steine zu einem Hügel zu schleppen, den Urfin sich für seinen Palast ausgewählt hatte. Arbeiter schöpften Schlamm aus dem See, der als Zement dienen sollte.

Urfin lehrte die Marranen, wie man Fundamente baut. Er zeigte ihnen, wie sie die Steine bearbeiten und mit Zement zusammenfügen sollten. Die Marranen erwiesen sich als sehr gelehrig, und die Arbeit ging ihnen flott von der Hand. Die Geschicktesten wurden von Urfin zu Vorarbeitern gemacht. Sein Werkzeug hatte er während des Gewitters aus dem Versteck geholt, als es donnerte und blitzte und die

entsetzten Marranen, die Augen fest geschlossen und die Hände an den Kopf gepresst, in ihren Hütten lagen.

Eot Ling, der den Herold spielte, verkündete den Springern, die Gegenstände, mit denen ihr Gebieter arbeite, seien heilig. Die Sonne, die Herrin und Gebieterin des Himmels, sagte er, habe sie dem Großen Urfin geschickt, und wer sie ohne dessen Erlaubnis anrühre, begehe eine schreckliche Sünde.

Urfin begann an den Tür- und Fensterstücken zu arbeiten, die Balken für Decken und Dachstuhl zu behobeln und die Fensterrahmen zu zimmern. Alles gedieh unter seinen geschickten Händen. Die Arbeit machte ihm jetzt besondere Freude, hatte er doch seit Jahren weder Axt noch Meißel in die Hand genommen.

Ein anderer hätte dabei seine ehrgeizigen Pläne gewiss vergessen. Urfin dachte aber nur an die Schmach, die man ihm in der Smaragdenstadt angetan hatte, und die Verachtung, die ihm ihre Einwohner zeigten, als sie annahmen, er werde keinen Schaden mehr stiften können.

„Die Feinde sollen keine Gnade bei mir finden! Ich will Rache, nur Rache!“, zischte er.

Um Urfin drängten sich respektvoll Gaffer und bestaunten die Gegenstände, die aus seinen Händen hervorgingen. Das Quietschen des Hobels, der über das Brett strich, das Klopfen des Meißels und das Surren der Säge kamen den Springern wie Wunder vor, die nur ein Gott vollbringen kann.

Fürst Torm war außerordentlich erfreut, als der Feuergott ihm erlaubte, mit dem Hobel mehrmals über ein Brett zu streichen. Er las die Hobelspäne von der Erde auf und trug sie als ein Zeichen göttlicher Gnade feierlich in seine Hütte.

Die Wände des Palastes wuchsen, und der Bau wurde immer imposanter. Die Marranen schauten voller Ehrfurcht darauf.

Diese Leute hatten eine seltsame Eigenschaft: Nachdem sie am Tag viel gelaufen und gesprungen waren, schliefen sie nachts so fest, dass selbst ein Kanonenschuss sie nicht hätte wecken können. Urfin wusste das zu nutzen. Durch Eot Ling ließ er den Springern sagen, dass eine jede Familie dem Gott einen Edelstein zum Geschenk machen müsse, sonst würde schon in allernächster Zeit ein Unglück über sie hereinbrechen.

Die erschrockenen Marranen schleppten ihre schönsten Edelsteine herbei. Eines Nachts, als die Einwohner schliefen, flog Urfin mit dem Adler in das Land der Schwätzer. In der Rosa Stadt fand er einen Kaufmann, der sich für zwei Dutzend Edelsteine bereit erklärte, ihm schöne Möbel, Teppiche, Fenstervorhänge, Kochgeschirr, Fensterglas und viele andere Gegenstände zu besorgen.

In der folgenden Nacht wurde alles in das Tal der Marranen befördert und in einer Höhle versteckt. Karfax missfiel diese Geheimnistuerei.

„Warum machst du deine Einkäufe nicht bei helllichtem Tag?", fragte der Adler.

Urfin erwiderte schlau:

„Mein lieber Freund Karfax, versteh' doch, wenn ich die Marranen belüge, so tu ich es doch mit einem edlen Ziel. Haben sie sich überzeugt, dass ich zaubern kann, werden sie mir williger in ein glückliches Leben folgen."

Der Palast war mittlerweile fertig geworden. Das Dach bestand aus Ziegeln, die die Frauen aus Lehm gemacht und Urfin selbst gebrannt hatte. Drinnen aber war es leer, die Fenster waren unverglast.

Am Abend sagte Urfin zu Torm:

„Ich lade Eure Durchlaucht mit Gemahlin und Räten morgen zu einem Fest ein, das ich aus Anlass meines Einzugs in den Palast gebe."

Torm entgegnete verwundert:

„Großer Urfin, dein Palast ist doch leer!"

„Macht Euch keine Sorgen", lächelte Urfin überheblich. „Ihr einfachen Sterblichen habt keine Ahnung, was ein Gott alles vermag."

Die ganze Nacht arbeiteten Urfin und der Bär im Schweiße ihres Angesichts. Als Torm und die Ältesten am Morgen vor dem Palast erschienen, wollten sie ihren Augen nicht trauen.

Der Palast funkelte sie mit frisch geputzten Fenstern an, und in den Gemächern empfing sie eine ungewöhnliche Pracht. Auf den Dielen lagen dicke Teppiche, vor den Fenstern hingen bunte Vorhänge, elegante Möbel standen in den Zimmern, und der Speisesaal strömte den Duft erlesener Gerichte aus.

„Oh, Wunder!“, riefen die Marranen und sanken in die Knie.

Die auf dem Feuer bereiteten Speisen schmeckten dem Fürsten, seiner Gemahlin und den Würdenträgern außerordentlich. Auf dem Tisch standen Schüsseln mit frischem Brot, gebratenen Enten, gebackenem Obst und anderen Delikatessen, deren Geschmack die Springer bisher nicht gekannt hatten.

„So leben die Götter!“, rief Torm begeistert aus, lehnte sich in seinem Sessel zurück und streichelte seinen prallen Bauch.

„Ja, so leben die Götter“, sagte Urfin. „Aber von heute an werdet auch ihr Marranen so leben, wenn ihr meinen Befehlen gehorcht.“

„Wir sind dazu bereit, Großer Gott!“, riefen die Springer.

„Vor allem müsst ihr euch Häuser bauen“, sagte Juice.

„Häuser für uns?“, riefen die Marranen entsetzt. „Sollen sie vielleicht so sein wie deines?“

„Nicht ganz so“, sagte Urfin herablassend. „Sie sollen einfacher und kleiner sein, aber immerhin Häuser. Außerdem sollt ihr euer Essen auf dem Feuer bereiten. Ihr seht ja, dass es so besser schmeckt.“

In den Gesichtern der Marranen spiegelte sich die alte Angst vor dem Feuer, das sie noch immer für eine drohende und strafende Gottheit hielten.

„Folgt mir!“, befahl Urfin.

Er führte die Gäste in die Küche und zeigte ihnen das Feuer, das friedlich im Herd brannte.

„Seht, wie ich das Feuer bezwungen habe“, sagte Juice. „Genauso zahm soll es in euren Herden brennen. Es wird eure Wohnungen erwärmen, und eure Frauen werden darauf Suppe kochen und Semmeln backen.“

„Oh, du bist gütig und groß, Feuergott der Marranen!“, riefen Torm und seine Räte.

Im Tal der Marranen begann nun ein großes Bauen. Die ganze Last

der Arbeit hatte natürlich das einfache Volk zu tragen. Die Adligen taten nichts als die Maurer und Zimmerleute anzutreiben, die Urfin angelernt hatte und die mit kurzen Esspausen von Sonnenaufgang bis Sonnenuntergang arbeiteten. Mit Wehmut gedachten die Arbeiter der fröhlichen Boxkämpfe, der schönen Lauf- und Springwettbewerbe, und manchem dünkte es, dass das Erscheinen des Feuergottes vielleicht gar nicht so erfreulich sei, wie es ihnen anfangs geschienen hatte. Aber aus Furcht wagte niemand, bei solchen Gedanken länger zu verweilen.

Der Umzug Torms, Wenks, Grems und der anderen Würdenträger in die neuen Häuser vollzog sich mit großem Pomp. Das Volk, das sich vor den mit Glimmer bespannten Fenstern drängte, sah die Silhouetten der Zecher und hörte ihre trunkenen Stimmen (Urfin hatte die Marranen gelehrt, aus Weizenkorn ein berauschendes Getränk zu bereiten).

Die vornehmen Marranen waren von Urfin ganz eingenommen. Selbst wenn sie jetzt darauf gekommen wären, dass Urfin ein ganz gewöhnlicher Mensch war, der sich nur als Gott aufspielte, würden sie ihm trotzdem überallhin folgen, und sei es bis ans Ende der Welt. Sie erinnerten sich nur ungern an die alte Zeit, da sie in Hütten lebten wie das gemeine Volk und sich wie dieses von Brei und Salzenten ernährten.

Bei den Aristokraten hatten sich seit alters viele Edelsteine angesammelt: Amethyste, Rubine und Smaragde. Schon früher pflegten sie einen bescheidenen Handel mit den Schwätzern zu führen, bei denen sie gegen Edelsteine die allernotwendigsten Waren eintauschten. Jetzt blühte dieser Handel auf, der sich ungefähr so abwickelte:

Die Marranen bestiegen den Berg, der dem Besitztum Stellas zugewandt war, gestikulierten und schrien so lange, bis die die Aufmerksamkeit der Schwätzer auf sich lenkten. Dann kamen diese herbei, bewunderten die Edelsteine und boten für sie Hühner und Hammel, Milch und Butter, Obst, Stoffe und schöne Möbel an.

Als Torm einen geschnitzten Tisch mit den dazugehörigen Stühlen erwarb, die genauso aussahen wie die im Palast des Gottes, begann er die Wahrheit zu ahnen, doch er sagte niemandem ein Wort davon.

Natürlich waren die Häuser, die die einfachen Leute für sich bauten, nicht aus Stein. Wie sollte ihnen auch der Sinn danach stehen, wo sie für die Stammesältesten so schwer arbeiten mussten. Als die Häuser fertig waren, begannen die Marranen, die Saatflächen auszudehnen. Für das Brotbacken und die sich schnell entwickelnde Weinbrennerei brauchten sie jetzt viel mehr Getreide als früher. Zum Heizen der Öfen in den Häusern der Aristokraten war Holz notwendig, und jeden Morgen zog ein Trupp Marranen in den Wald und kehrte abends, mit schweren Holzbündeln beladen, zurück. Früher hatte das einfache Volk viel leichter gelebt.

Es vergingen drei Monate, als neue Lasten die Untertanen des Fürsten Torm zu drücken begannen.

Die Adligen, die miteinander wetteiferten, wer sein Haus prunkvoller einrichte, hatten die von ihren Vorfahren ererbten Kostbarkeiten verschwendet und besaßen jetzt nichts, wofür sie schöne Teppiche, teure Möbel und elegante Kleider hätten kaufen können. Also befahlen sie den armen Leuten, neue Smaragde und Diamanten für sie zu beschaffen.

Die Edelsteinvorkommen an der Erdoberfläche waren aber versiegt, und deshalb musste man Gruben bauen. Damit diese nicht einstürzten, musste man sie mit Stützen versehen, für die das Holz aus dem fernen Wald herbeigeschafft wurde.

Damit die Bergleute die gefundenen Schätze nicht verheimlichten, ließen die Reichen sie von Aufsehern überwachen, und damit diese ihre Pflichten redlich erfüllten, wurden ihnen hohe Gehälter ausgesetzt, was wiederum auf Kosten der armen Leute ging.

Der weise Karfax beobachtete diese unerfreulichen Zustände mit Entrüstung. Er selbst hatte es nicht schlecht im Land der Marranen. In den Bergen gab es genügend Ziegen und auf dem See viele Enten, die gleichfalls gut schmeckten.

Aber angesichts der Ungerechtigkeit im Land wurde er immer trauriger. An den Abenden stellte er Urfin oft zur Rede:

„Sag, wo ist das Glück, das du diesem armen Volk versprochen hast?"

Urfin erwiderte mit gespielter Begeisterung:

„Schau doch, wie Fürst Torm lebt und wie gut es Wenk, Grem und den anderen geht!"

„Solche Leute gibt es nur wenige in diesem Land", entgegnete Karfax, „die Mehrheit aber lebt viel schlechter als früher."

„Es geht doch nicht alles auf einmal!", wehrte Urfin ab. „Die anderen werden später an die Reihe kommen."

„Ich glaube dir immer weniger", sagte der edle Vogel traurig. „Der Fürst und seine Räte leben in Saus und Braus, weil Tausende Menschen für sie arbeiten."

Um mit dem Adler nicht zu streiten, mied Urfin ihn jetzt. Im Land der Marranen aber ging alles weiter nach den Plänen des schlauen und ehrgeizigen Schwindlers.

ZWEITER TEIL

Die Macht!

Der Scheuch als Ingenieur

Nach dem dritten Abschied von Elli kehrte der Scheuch verstimmt in die Smaragdenstadt zurück. Der Titel eines Dreimalweisen, auf den er früher so stolz war, machte ihm keine Freude mehr, die Berichte über die guten Getreide- und Obsternten ließen ihn gleichgültig und die von Lan Pirot, den ehemaligen General der Holzarmee und heutigen Tanzlehrer, veranstalteten Vergnügungen erheiterten ihn nicht.

Beim Abschied von Elli hatte der Scheuch seine feste Überzeugung ausgesprochen, das Mädchen werde in das Zauberland zurückkehren. Jetzt fühlte er aber, dass es eine Trennung für ewig sei, und das bedrückte ihn sehr. Darüber hinaus hatte es der Eiserne Holzfäller jetzt sehr eilig mit seiner Heimkehr, denn er verspürte heftige Sehnsucht nach dem Violetten Land.

„Bleib wenigstens noch einen Monat bei mir!“, bat der Scheuch. „Lass uns über die Vergangenheit sprechen, uns daran erinnern, wie wir mit dem Menschenfresser gekämpft und den Löwen und Elli aus dem giftigen Mohnfeld hinausgetragen haben …“

„Ich kann einfach nicht länger bleiben, glaub mir!", erwiderte der Eiserne Holzfäller, auf und ab gehend und mit Besorgnis horchend, ob das Herz in seiner Brust noch schlage. „Du weißt, dass das Leben im unterirdischen Land meine Gesundheit untergraben hat. Auch werden wir beide alt, lieber Freund, wir werden alt! Ich muss mich schon wieder an den Arzt wenden."

Die Behandlung des Holzfällers bestand darin, dass ein geschickter Handwerker den Flicken an dessen eiserner Brust lüpfte, das seidene Herz mit frischen Sägespänen nachfüllte und den Flicken wieder zulötete, worauf das Herz erneut kräftig zu schlagen begann. Dann wurden die Gelenke des eisernen Mannes geölt und der ganze Körper aufpoliert.

Der Eiserne Holzfäller ging. Aber in der Smaragdenstadt verblieben die anderen Gäste des Scheuchs, nämlich der tapfere Löwe und Krähe Kaggi-Karr. Die drei Freunde sprachen stundenlang über ihre gemeinsamen Erlebnisse, erinnerten sich an die vergangenen Tage, verurteilten das Verhalten des tückischen Urfin Juice und freuten sich für die unterirdischen Könige, die der Weise Scheuch in arbeitsfreudige Handwerker verwandelt hatte.

Dann zog auch der Löwe fort, weil er seine Löwin und die Löwenjungen nicht länger vermissen konnte. Jetzt war nur noch Kaggi-Karr da, und der arme Scheuch verging fast vor Langeweile. Er hätte sich gerne öfter mit Faramant, dem Hüter des Tores, und mit dem langbärtigen Soldaten Din Gior getroffen, aber die waren jetzt zur Ausübung ihrer Pflichten zurückgekehrt.

Faramant hatte erneut das Wachhäuschen am Stadttor bezogen und setzte einem jeden Ankömmling die grüne Brille auf, damit er über die Herrlichkeiten der Smaragdenstadt nicht erblinde.

„Ich führe den Befehl des Großen Goodwin aus", sagte der gute Mann zu den Leuten, „und werde ihn ausführen, solange ich lebe. Dann wird mein Nachfolger dasselbe tun ..."

Der ehemalige Feldmarschall Din Gior hatte erneut seinen Posten auf dem hohen Turm bezogen, blickte oft in den Handspiegel und kämmte mit einem goldenen Kamm seinen wallenden Bart. Wenn er dieser angenehmen Beschäftigung nachging, konnten die Besucher stundenlang vergeblich pfeifen und schreien, er möge die Zugbrücke herablassen. Din Gior sah und hörte sie nicht.

Der Scheuch beschloss, etwas Großes zu unternehmen, um die zehrende Langeweile zu vertreiben. Zu diesem Zweck zog er sich in den Thronsaal zurück und begann zu überlegen. Er dachte so angestrengt nach, dass sein Kopf sich riesig aufblähte und die Nadeln und Stecknadeln hervortraten (Goodwin hatte sie den Sägespänen beigemischt, damit das Gehirn schärfer sei), was ihn einem gewaltigen Igel ähnlich machte.

Im Kopf des Scheuchs entstand ein wunderlicher Plan – nämlich die Smaragdenstadt in eine Insel zu verwandeln. Als er Din Gior und Faramant seine Absicht mitteilte, dachten diese, er sei verrückt.

„Mitnichten", entgegnete der Scheuch. „Ich weiß nicht, ob euch bekannt ist, dass man einen von Wasser umgebenen Teil des Festlandes Insel nennt. Das hat mir Elli gesagt, als sie mich Erdkunde lehrte. Unsere Stadt kann nicht zum Fluss gehen, damit dieser sie umgebe, weil Städte eben nicht gehen können. Dafür aber kann der Fluss zu uns kommen, denn sein Wasser fließt. Ich werde befehlen, einen Kanal um die Stadt zu graben, und der Fluss Affira, der uns mit Wasser versorgt, wird den Kanal füllen."

Nach dieser langen Rede musste der Scheuch innehalten, um Atem zu schöpfen. Die Zuhörer blickten ihn erstaunt an. Faramant fragte:

„Wozu soll sich die Smaragdenstadt in eine Insel verwandeln?"

„Das wird unsere Wehrfähigkeit für den Fall eines feindlichen Überfalls verstärken", klärte der Scheuch ihn auf.

Din Gior, Faramant und Kaggi-Karr betrachteten voller Achtung den Strohmann. Sie fragten sich, woher er nur die langen und gelehrten Wörter nehme.

„Und wer wird den Kanal graben?", wollte Din Gior wissen. „Da muss wohl eine ungeheure Menge Erde ausgehoben werden, und diese Arbeit wird Jahre dauern."

52
Die Macht!

„Das ist gut“, sagte der Scheuch erfreut. „Da werde ich zumindest eine Beschäftigung haben und mich nicht zu langweilen brauchen. Mit dem Graben werde ich die Holzköpfe beauftragen, die haben sowieso nichts zu tun.“

Der Scheuch und seine Gehilfen machten einen Rundgang um die Stadt. Es wurden Pflöcke in den Boden geschlagen, die die Grenzen des künftigen Kanals markierten, und der große Bau begann. Der Kanal sollte vier Meilen lang und fünfhundert Fuß breit sein. Für einen Feind, dem es einfallen würde, die Smaragdenstadt anzugreifen, konnte es nicht leicht sein, ein solches Wasserhindernis zu nehmen.

Tag und Nacht arbeiteten die unermüdlichen Holzköpfe, Tag und Nacht fraßen sich die Spaten in den Grund ein und quietschten die Schubkarren, mit denen die Erde wegtransportiert wurde. (Man schüttete sie auf felsige Böden aus, damit diese sich in fruchtbare Felder verwandelten.)

Über die viele Arbeit vergaß der Scheuch seine Langeweile. Von früh bis spät, manchmal auch nachts, wenn der Mond schien, konnte man ihn auf dem Baugelände antreffen, wo er sich um alles kümmerte, Messungen vornahm und überall nach dem Rechten sah. Der Scheuch war der Oberingenieur des Vorhabens. Ihn begleiteten ständig hölzerne Boten, schnellfüßige Melder, die mit seinen Aufträgen hin und her flitzten und die Umgebung mit fröhlichem Lärm erfüllten.

Zu gleicher Zeit entstand an den Mauern der Stadt ein großer Park. Entlang der breiten Alleen wurden die schönsten Bäume verpflanzt, die man nur in den weiten Wäldern des Landes auftreiben konnte. Dank dem milden Klima konnten die Bäume zu jeder Jahreszeit umgepflanzt werden, und sie gediehen prächtig am neuen Ort. In den Lichtungen des Parks entstanden schmucke Pavillons und Lauben und an den Kreuzungen der Alleen Springbrunnen.

Am Parkbau nahmen alle Bürger teil, wussten sie doch, dass die Anlage eine herrliche Erholungsstätte sein werde.

Es vergingen Monate und Jahre, und der Graben wurde immer breiter und breiter. Dann kam die feierliche Stunde des Wassereinlasses. Der Zuleitungsgraben, der den Kanal mit dem Fluss Affira verband, war fertig, nur ein schmaler Sperrdamm hinderte das Wasser, sich in das vorbereitete Bett zu ergießen.

Dem Scheuch wurde die Ehre des ersten Schlages zuteil. Er nahm die Axt in seine schwachen Hände und schlug sie gegen die Wand, worauf kräftige Holzköpfe herbeieilten und ihr den Rest gaben. Das Wasser der Affira strömte in den Graben.

Die Menge, die sich am Ufer versammelt hatte, brach in Jubel aus. Die vornehmsten Bürger hoben den Scheuch empor und trugen ihn um die Stadt. Während dieser Ehrenrunde befahl der Herrscher von

Zeit zu Zeit zu halten, nahm den mit goldenen Glöckchen behangenen breitkrempigen Hut ab und sprach über die Wehrbedeutung des Kanals.

Die Bürger hörten die Reden des Scheuchs mit großer Aufmerksamkeit an und zollten ihm stürmischen Beifall. Sie waren schon früher stolz darauf gewesen, dass es außer ihrem Herrscher keinen anderen in der Welt gab, der mit Stroh ausgestopft ist und ein Gehirn aus Sägespänen, vermischt mit Nadeln und Stecknadeln, hat. Jetzt, da er obendrein ein solch ungewöhnliches Ingenieurtalent gezeigt hatte, steigerte sich ihre Achtung zu heller Begeisterung.

Im Park fand ein großes Volksfest statt, bei dem Berge von Torten und Kuchen verzehrt und einhundertvierzig große Limonadenfässer ausgetrunken wurden.

Zum Fest hatten sich natürlich der Eiserne Holzfäller, Ingenieur Lestar, der tapfere Löwe, der Herrscher des Blauen Landes Prem Kokus, der Herrscher der Erzgräber Rushero und die Krähe Kaggi-Karr eingefunden. Man erwies ihnen alle Ehren, die ihrem hohen Stand geziemten. Zeremonienmeister waren der langbärtige Soldat Din Gior und der Hüter des Tores Faramant, der für alle Gäste grüne Brillen vorbereitet hatte.

Die ausführliche Beschreibung des Festes ist in die Chronik der Smaragdeninsel eingegangen, wie von jetzt an die Hauptstadt des Grünen Landes genannt wurde. Jedermann kann diese Beschreibung in der Stadtbibliothek lesen. Sie ist in Schrank Nummer sieben, Regal vier, aufbewahrt und trägt die Nummer eintausendfünfhundertzweiundvierzig.

Binnen weniger Wochen hatte die Affira den Graben bis zum Rand gefüllt. Bald sah man auf dem Kanal die schmucken Boote der reichen Bürger gleiten, und es kam der Brauch auf, Ruder- und Segelwettbewerbe zu veranstalten. Auf Befehl des Scheuchs wurde auch eine Rettungsstation eingerichtet, denn die Kinder badeten im Kanal von früh bis spät, und da konnten natürlich Unfälle passieren.

Zur Verbindung mit dem Mutterland wurde gegenüber dem Stadttor eine Fährstation eingerichtet, die Tag und Nacht funktionierte. Als

Fährleute dienten Holzköpfe. Wenn jemand auf die Insel gelangen oder sie verlassen wollte, winkte er den Fährleuten, und diese schleppten die Fähre an einem Seil heran, das über dem Wasser gespannt war.

Für den Fall, dass Feinde auftauchten, hatten die Fährleute Order, die Fähre sofort an die Insel zu ziehen und Alarm zu schlagen.

Der Zauberfernseher

Arbeit ist eine ganz famose Sache! Wer vernünftig und nutzbringend arbeitet, hat ein ausgefülltes und freudiges Leben, während Nichtstuer vor Langeweile vergehen und nicht wissen, wie sie die Zeit totschlagen sollen.

Von dieser unstrittigen Wahrheit überzeugte sich der Scheuch, als die großen Arbeiten am Kanal und im Park zu Ende waren. Jetzt wusste er wieder nicht, womit er seine langen Tage und nicht weniger langen Nächte ausfüllen sollte. Allerdings war noch das Kopfrechnen da, aber damit konnte er sich doch nicht vierundzwanzig Stunden täglich beschäftigen.

In diesen für den Scheuch so schweren Tagen trat eine unerwartete Begebenheit ein, die viele Bürger in Schrecken versetzte: Südlich der Smaragdeninsel tauchte nämlich hoch in der Luft eine Schar Fliegender Affen auf.

Die Bürger hatten diese furchtbaren Tiere noch gut in Erinnerung. Mit ihnen hatte Goodwin, der Große und Schreckliche, gekämpft und eine Niederlage erlitten. Elli hatte sie in den Palast gerufen, als sie noch den goldenen Hut besaß, der ihr Macht über die Affen gab. Das Mädchen wünschte damals, dass die Affen sie in ihre Heimat, nach Kansas, flögen. Die Fliegenden Affen konnten aber das Wunderland nicht verlassen, denn das stand nicht in ihrer Macht.

Die Ungeheuer waren friedlich gestimmt. Sie gingen auf den Platz vor dem Palast nieder, und ihr Anführer, der ein Paket trug, bat um

eine Unterredung mit dem Herrscher. Ein Höfling eilte mit der Meldung zum Scheuch, und dieser befahl, die Besucher sofort vorzulassen.

Der Anführer der Fliegenden Affen und der Strohmann waren alte Bekannte. Der Anführer hatte einst auf Bastindas Befehl den Scheuch zerfetzt, sein Stroh in den Wind gestreut und Kopf und Kleid auf den Gipfel eines hohen Berges geschleudert. Wozu aber alte Erinnerungen auffrischen? Jetzt hatten die beiden keinen Grund zur Fehde, umso mehr, als der Affenhäuptling mit einem angenehmen Auftrag gekommen war. Nach liebenswürdigen Verbeugungen beiderseits sagte der Anführer der Affen:

„Eure Majestät, Dreimalweiser Herrscher der Smaragdeninsel! Ich habe die hohe Ehre, Euch ein Geschenk von unserer gemeinsamen Bekannten zu überbringen, der mächtigen Fee Stella, der Herrscherin des Rosa Landes. Sie hat von Eurer schlechten Stimmung erfahren und übersendet Euch dieses Ding zur Zerstreuung."

Bei diesen Worten packte der Affe vorsichtig das Paket aus, und zum Vorschein kam ein schöner Kasten aus rosa Holz, dessen Vorderwand aus dickem Mattglas bestand.

„Woher weiß denn Frau Stella von meiner üblen Laune?", fragte der Scheuch verwundert.

„Das hat ihr dieser Kasten verraten", antwortete der Affenhäuptling, neigte sich zum Scheuch hinab und flüsterte ihm ins Ohr, damit die Höflinge es nicht hörten: „Ihr braucht nur die Zauberworte zu sagen: ‚Birelija-turelija, buridakl-furidakl, es röte sich der Himmel, es grüne das Gras – Kasten, Kästchen, zeige mir bitte dies und das ...' Dann wird der Kasten Euch zeigen, was Ihr zu sehen wünscht. Falls Ihr aber die Worte nicht in der richtigen Reihenfolge sprecht oder auch nur einen Buchstaben verwechselt, bleibt die Beschwörung wirkungslos. Habt Ihr Euch satt gesehen, so saget: ‚Kästchen, mach Schluss, es war mir ein Genuss!'"

Der Affenhäuptling ließ den Scheuch die Beschwörung so lange wiederholen, bis er sie auswendig kannte.

Dann sprach der Scheuch die Zauberworte und bat:

„Kasten, Kästchen, sei so lieb, zeige mir die Fee Elli!"

Die Mattscheibe blieb jedoch finster.

„Das geht nicht", lachte der Anführer. „Auch ich würde gern die Fee Elli sehen, aber der Zauber wirkt nur in den Grenzen unseres Landes."

Da bat der Scheuch den Kasten, ihm den Eisernen Holzfäller zu zeigen. Und siehe, der Bildschirm begann zu leuchten und zeigte den Holzfäller! Der gute Mann befand sich wieder einmal in Behandlung. Er stand mit erhobenen Armen da, während ein Meister den Flicken an seiner Brust zulötete. Als es soweit war, machte der Holzfäller ein paar Schritte im Zimmer. Die Figuren waren zwar klein, aber sehr deutlich. Mehr noch: Aus dem Kasten drang sogar die Stimme des Holzfällers, die zwar leise, aber gut zu verstehen war. Er sagte:

„Ich danke Euch, Freund Lestar, mein Herz schlägt wieder in der Brust, und wieder erfüllen es Liebe und Zärtlichkeit."

Der Scheuch hüpfte vor Begeisterung.

„Das ist ja ein famoses Mittel gegen die Langeweile!", rief er und wünschte sogleich, den Löwen zu sehen.

Sein Wunsch ging prompt in Erfüllung. Der Löwe lag, wahrscheinlich nach einem ausgiebigen Frühstück, in einer geräumigen Höhle, neben ihm die Löwin und die Löwenjungen.

„O Wunder, o Wunder!", rief der entzückte Scheuch und befahl, man solle die Abgesandten Stellas mit den schönsten Früchten seines Gartens bewirten. Dann bat er den Anführer des Rudels, er möge Frau Stella seinen allerherzlichsten Dank ausrichten.

Beim Abschied sagte der Anführer leise zum Scheuch:

„Frau Stella hat mir aufgetragen, Euch vor Urfin Juice zu warnen. Ihr sollt aufpassen, was er treibt."

Zu jener Zeit lebte Urfin noch griesgrämig in der Verbannung, aber Stella, die die Gabe der Voraussicht besaß, wusste, dass man von ihm die schlimmsten Überraschungen zu erwarten habe.

Der Scheuch war über die Warnung der guten Fee beunruhigt. Kaum hatten die Affen die Smaragdeninsel verlassen, sprach er die Beschwörung und bat:

„Kasten, Kästchen, bitte zeig mir Urfin Juice!“

Da zeigten sich auch schon auf der Mattscheibe das ferne westliche Land, das trostlose Haus Urfins und dieser selbst, wie er verdrossen in seinem Garten grub. Vor dem Haus saß Meister Petz und zankte sich mit dem Holzclown. An diesem Bild gab es jedoch nichts Verdächtiges, und der Scheuch schaltete um.

Tagelang saß er nun vor dem Zauberkasten. Stellas Warnung beherzigend, beobachtete er von Zeit zu Zeit, was Urfin trieb. Es gab jedoch keinen Grund zur Beunruhigung. Einmal sah er Urfin im Garten graben, ein andermal ein gebratenes Kaninchen essen oder spazieren gehen.

„Ich kann nicht begreifen, welche Gefahr mir von diesem Ausgestoßenen drohen soll“, brummte der Scheuch.

Mehrere Monate lang war er von seinem Zauberkasten wie berauscht, doch dann verlor er die Lust daran und schaltete ihn immer seltener ein. Er war von dem Kasten enttäuscht, und in diesem Gefühl bestärkte ihn noch die Krähe Kaggi-Karr.

„Ist dir das Ding noch nicht zuwider?“, fragte sie. „Schön, du hast den Eisernen Holzfäller gesehen und den Löwen! Und was weiter? Kannst du sie vielleicht umarmen? Kannst du mit ihnen sprechen? Na, siehst du! Da ist es doch besser, wir statten dem Violetten Palast mal wieder einen Besuch ab.“

Zweimal im Jahr pflegten der Scheuch und der Holzfäller einander zu besuchen und längere Zeit beisammen zu sein. Dann und wann kam auch der tapfere Löwe, obwohl seine Reisefreudigkeit mit der Zeit merklich abgenommen hatte.

Bei den Zusammenkünften führten die Freunde endlose Gespräche darüber, was besser sei: ein Gehirn, ein Herz oder Mut, und gedachten der glücklichen Zeit, da ihre geliebte Elli im Zauberland weilte und man gemeinsam viele spannende Abenteuer erlebte.

Bei diesen Begegnungen vergaß der Scheuch völlig, den tückischen Urfin zu beobachten. Das hätte er aber tun sollen! Denn nach sieben Jahren erzwungener Untätigkeit machte sich jetzt Urfin daran, seine neuen ehrgeizigen Pläne in die Tat umzusetzen.

Das Glück liegt hinter den Bergen!

Es waren etliche Monate vergangen, nachdem Urfin Juice im Land der Marranen als Feuergott erschienen war.

Im Volk wuchs die Unzufriedenheit mit jedem Tag. Die Menschen dachten mit Sehnsucht an die schöne Zeit zurück, da sie das Feuer noch nicht kannten, aber auch nicht so schwer für die Adligen zu arbeiten brauchten. Zu murren wagten die Marranen jedoch selbst im engsten Familienkreis nicht. Es kam jetzt oft vor, dass eine Schmähung wider den Feuergott, die außer der Frau und den Kindern eines Bürgers niemand gehört hatte, der Obrigkeit bekannt wurde, die den Schuldigen grausam bestrafte. Wenn der Ärmste dann im funkelnagelneuen Gefängnis saß und die zerschlagenen Rippen rieb, musste er sich fragen:

‚Wer mag wohl meine dreisten Worte gehört haben? Hat vielleicht die Ratte, die in den Abfällen vor meiner Hütte wühlte, sie dem Großen Urfin hinterbracht?'

Die vermeintliche Ratte war in Wirklichkeit der Spion Eot Ling, der im Kaninchenfellkleid überall herumschnüffelte.

Urfin fühlte, dass die Empörung des Volkes sich bald in einem Aufruhr entladen würde, den die drei Dutzend Polizisten, die Fürst Torm aus den Reihen verlässlicher Untertanen rekrutiert hatte, nicht würden unterdrücken können.

„Es ist höchste Zeit, die erbitterten Marranen über die blühenden Stätten der Zwinkerer und Käuer herfallen zu lassen!", entschied Urfin. „Durch Hunger und Wut aufgestachelt, werden sie sich wie eine Lawine über das Zauberland wälzen und alles zerstören!"

Eot Ling billigte den Beschluss seines Herrn.

„Wenn wir länger zaudern, kann ein Aufstand ausbrechen", sagte der Clown. „Ich habe schon in vielen Hütten Knüppel unter dem Stroh versteckt gesehen."

„Diese Knüppel sollen jetzt auf die Köpfe der Untertanen des Scheuchs und des Eisernen Holzfällers niederprasseln", sagte Urfin grimmig.

Am folgenden Tag versammelten sich auf Befehl des Feuergottes alle Einwohner des Marranenlandes auf einer großen Wiese am See. In den ersten Reihen standen die kräftigen Männer, hinter ihnen drängten sich Greise, Frauen und Kinder. Urfin bestieg einen großen Stein, den der Bär herbeigewälzt hatte. Im roten Mantel, den roten Federhut auf dem Kopf, sah er im funkelnden Sonnenlicht wie ein echter Feuergott aus.

Urfin erhob die Hand und alles verstummte.

„Meine geliebten Marranen!“, begann er. „Ich weiß, dass viele von euch schlecht leben und mir die Schuld dafür geben …“ Die Männer senkten die Köpfe, während Urfin fortfuhr. „Eure Herzen liegen offen vor mir, ich sehe genau, was in ihnen vorgeht. Sag, Bois, und du, Hart, und du, Klem, gegen wen wollt ihr die Knüppel erheben, die ihr in euren Hütten versteckt habt?“

Auf den Stirnen der Männer, die Juice genannt hatte, röteten sich die senkrechten Furchen, die Male ihrer ehemaligen Unfreiheit. Die Polizisten wollten sich auf sie stürzen, um sie ins Gefängnis zu schleppen, aber eine gebieterische Handbewegung Urfins hielt sie zurück.

„Halt!“, rief er. „Ich verzeihe ihnen, weil sie aus Unvernunft handelten. Marranen, meine geliebten Kinder! Ja, ihr habt es schwer. Aber wer ist daran schuld? Vielleicht euer guter Fürst Torm und seine edlen

Räte? O nein! Sie möchten euch alle Wohltaten des Lebens geben, aber sie können es nicht, und schuld daran ist das Schicksal! Ja, das Schicksal!", wiederholte Urfin mit markiger Stimme. „Seht euch doch um!"

Mit einer weit ausholenden Armbewegung wies er ringsum, und die Marranen schauten auf ihre Ebene, als sähen sie sie zum ersten Mal.

„Diese enge und kümmerliche Landschaft hat viele Steine und sehr wenig fruchtbare Erde! Hier gibt es nicht einmal die herrlichen Obstbäume, die im übrigen Teil des Landes in Überfluss vorhanden sind. Hier gibt es keine Wiesen, auf denen man fette Schafe und Milchkühe züchten könnte. Und jetzt schaut einmal nach dem Norden und dem Westen!"

Die Blicke der Zuhörer folgten den Bewegungen seiner Hand.

„Würden euch die Berge nicht die Sicht nehmen, ihr würdet dort fruchtbare Ebenen mit Obsthainen und blühenden Feldern und vielen warmen und behaglichen Häusern sehen. Dorthin will ich euch führen, meine Kinder, dort werdet ihr alle Lebensgüter in Überfluss vorfinden! Euer Glück liegt hinter den Bergen!"

Ein Jubel brach unter den Zuhörern aus.

„Führe uns, Vater!", riefen die erregten Marranen, und am lautesten schrien diejenigen, die mit dem Mal der Unfreiheit gezeichnet waren. „Führe uns, großer Gott!"

Urfin stellte mit einer Handbewegung die Ruhe wieder her.

„Dort leben schwache, verzärtelte Wesen, die von Schlagen und Raufen nichts verstehen ..."

„Wir werden es ihnen schon beibringen!", brüllte der bärenstarke Bois, der in seiner Hütte einen Knüppel versteckt hatte. „Wir werden es diesen Waschlappen zeigen, ha-ha-ha!"

Ein Chor kriegerischer Stimmen unterstützte ihn.

So lenkte Urfin den Zorn des Volkes gegen die völlig unschuldigen Zwinkerer und Käuer.

Nach der Versammlung begann Urfin, Befehle zu erteilen. Er ernannte Bois, Klem, Hart und andere Raufbolde, alles kräftige Kerle und Draufgänger, zu Führern der Hundertschaften, die er aufstellen wollte.

„Nehmt in eure Hundertschaften nur junge kräftige Burschen auf. Altes Gerümpel brauchen wir nicht, mag es zu Hause bleiben und sich auf den Empfang der Kriegsbeute vorbereiten."

An jenem Morgen hatte sich Karfax auf die Jagd in die Berge begeben. Zurückgekehrt gewahrte er mit Staunen die ungewöhnliche Geschäftigkeit. Auf den Straßen marschierten Trupps. Auf festgestampften Plätzen exerzierten Marranen mit Knüppeln. Überall waren kriegerische Stimmen zu hören.

„Was ist los?", fragte der verwunderte Adler.

„Die Marranen wollen gegen die Zwinkerer und Käuer in den Krieg ziehen, und ich kann sie, auf Ehr und Gewissen, nicht davon abhalten", erwiderte Urfin unverfroren. „Die Ärmsten leben ja so schlecht in ihrem Jammertal!"

„O du Nichtswürdiger!", rief Karfax. „Du hast sie dazu aufgestachelt, weil du die Früchte eines Eroberungskrieges einheimsen willst!"

Mit weit aufgesperrtem Schnabel bewegte sich der riesige Vogel auf Urfin zu. Dieser aber entblößte seine Brust und sagte:

„Da, töte mich, wenn du kannst!"

Karfax wich zurück.

„Schurke!", rief er. „Du weißt, dass ich meinem Retter kein Leid zufügen kann. Das hast du schon immer gewusst, Elender! Hast hinter meinem Rücken Ränke geschmiedet, und ich habe dir dabei sogar geholfen. O ich Unglücklicher! Ich war ein nichtswürdiges Werkzeug in den Händen eines Schurken! Aber ich will meine Sünde durch den Tod büßen. Nur merke dir, Urfin! Du wirst kein gutes Ende nehmen, das sage ich dir in der Stunde der Voraussicht, die uns Riesenadler manchmal erleuchtet!"

Nach dieser Prophezeiung schwang sich Karfax in die Lüfte und flog in Richtung des Adlertals seinem Schicksal entgegen. Er wusste, dass Arraches, sein ärgster Feind, ihn töten würde. Aber er wollte nicht länger bei Urfin bleiben, damit niemand denke, dass er die tückischen Pläne des Bösewichts gutheiße.

Auf dem Marsch

Urfins Armee bestand aus zwanzig Kompanien, jede einhundert Mann stark. Juice dachte, dass zweitausend Soldaten für die Eroberung des Violetten und des Blauen Landes sowie der Smaragdeninsel ausreichen würden. Um die Mittagszeit setzte sich die Armee in Marsch. Bis zu den Bergen gab ihr die Bevölkerung des Tals das Geleit. Jeder Soldat trug eine Schleuder mit Steinen als Munition, einen dicken Knüppel und einen Ranzen mit Proviant.

Als die Marranen vom Berg hinabstiegen, kostete es die Obersten große Mühe, die Marschordnung aufrechtzuerhalten. Immer wieder gerieten die Kolonnen in Unordnung, weil bald ein Soldat, bald ein anderer aus der Reihe lief, um nach einem Schmetterling oder einem Vogel zu haschen oder ein Blümchen zu bestaunen, – das alles gab es nämlich in ihrer Heimat nicht.

Urfin saß rittlings auf seinem Bär und dachte mit Kummer an seine ehemaligen disziplinierten Holzköpfe. Es sollte aber noch schlimmer kommen.

Als es dunkelte, entstand ein wirres Durcheinander, weil sich die Soldaten des Schlafs nicht erwehren konnten. Urfin konnte gerade noch Posten aufstellen, da versank die ganze Armee in tiefen Schlaf. Nach einer halben Stunde ging er die Posten inspizieren und fand sie alle schlafend, obwohl sie strengen Befehl hatten, das Lager zu bewachen. Manche lagen zusammengerollt auf der Erde, andere schnarchten sitzend, andere wieder waren stehend eingeschlafen und hielten sich an den Bäumen fest. Zornig befahl Urfin dem Bären, sie auf den Kopf zu stellen und an die Bäume anzulehnen. Keiner der Schlafenden wachte darüber auf.

Bei einem nächtlichen Überfall hätte ein Feind alle diese „Helden“ wie Küken abschlachten können. In der Nähe gab es aber keinen Feind, und Urfin beschloss, es mit den Dienstvorschriften nicht so genau zu nehmen. Er ging in sein Zelt und legte sich schlafen. Über seine Ruhe wachte der nimmermüde Bär.

Ein kühler Morgenwind weckte die Marranen. Fröstelnd liefen sie zum nahen Bach, um sich zu waschen. Nach einem kargen Frühstück setzte sich die Armee wieder in Marsch.

Einige Stunden später stand sie vor dem großen Fluss, an dem einst das Hochwasser Elli und ihre Freunde überrascht hatte. Das Wasser hatte damals den Scheuch fortgerissen, und der Löwe und das Mädchen waren beinahe in den Wellen ertrunken. Ängstlich blickten die Marranen jetzt auf den Fluss. In ihrem Tal hatten sie niemals so viel

Auf dem Marsch

fließendes Wasser gesehen. Die Bäche, die dort den Hängen entsprangen, strömten schnell dem Mittelsee zu und bildeten keine Flüsse.

Der Fluss hielt die Armee lange Zeit auf, denn die Marranen konnten nicht schwimmen. Es mussten Flöße gezimmert werden, mit denen der Feldherr selbst die Soldaten über das Wasser setzte. Schließlich war dieses Hindernis überwunden, und die ungeordneten Kolonnen marschierten weiter. Die Soldaten waren hungrig, denn schon am zweiten Tag des Feldzuges hatten sie den ganzen Proviant verzehrt.

Der Weg führte durch einen Obsthain, in dem ein schrecklicher Tumult entstand. Hungrig stürzten sich die Soldaten auf die Bäume, schlugen die Früchte ab, die reifen wie die grünen, und begannen sie

wahllos in sich hineinzustopfen. Vergeblich hielt Urfin sie zur Mäßigung an – niemand hörte auf ihn. Am Abend bekam die ganze Armee Bauchschmerzen. Davon blieben weder der Oberste Feldgeistliche Krag noch die Kompanieführer verschont.

Drei Tage wälzte sich die Armee in Krämpfen, und wenn niemand starb, so war das nur den starken Mägen der Marranen zu verdanken. Als sie sich zu erholen begannen, schärfte ihnen Urfin stundenlang ein, dass sie strengste Disziplin wahren und seinen Befehlen blindlings zu gehorchen hätten.

Aber wer hätte diese unwissenden Menschen, die zwar schnell begriffen, was man von ihnen wollte, aber ebenso schnell wieder alles vergaßen, in so kurzer Zeit umerziehen können?

Am zehnten Tag tauchte abseits von der Straße ein Dorf der Zwinkerer auf. Es kostete Urfin große Mühe, seine Krieger davon abzuhalten, das kleine Dorf mit der ganzen Armee anzugreifen. Als sie schließlich begriffen hatten, erteilte der Feldherr der Kompanie Bois' Befehl, das Dorf zu nehmen.

Selbstverständlich kam es nicht zu einer Schlacht. Kaum sahen die Zwinkerer die Rotte brüllender, großköpfiger Menschen auf ihr kleines Dorf zurennen, ergaben sie sich und wurden augenblicklich aus ihren Häusern gejagt. Es begann ein wüstes Plündern. Das Dorf zählte dreiundzwanzig Häuser, und in jedem rauften und balgten sich die Eroberer untereinander.

„Das gehört mir!“, schrie ein wütender Marrane, dem ein anderer irgendeinen Gegenstand zu entreißen suchte – einen Stuhl, ein Handtuch oder ein Kissen –, und dabei bearbeiteten sie sich gegenseitig mit ihren Fäusten, dass es krachte.

Bald da, bald dort flog durch ein Fenster oder eine offene Tür ein Kämpfer auf die Straße, während die anderen zum Entsetzen der umstehenden Zwinkerer wild aufeinander eindroschen. Das dauerte so lange, bis im Zimmer nur ein Mann übrig blieb, der im Raufen die anderen übertraf. Triumphierend sah er sich um und brüllte:

„Das ist jetzt mein Haus. Noch heute will ich meine Familie holen!“

Als Bois' Kompanie zur Truppe zurückkehrte, fehlten der Kommandeur und zweiundzwanzig Mann.

„Wo sind die Übrigen?“, fragte Urfin. „Sind sie im Kampf gefallen?“

„Nein, Herr“, erwiderte ein Soldat, „sie sind im Dorf geblieben.“

„Was heißt das?“ Urfin zog seine schwarzen Brauen zusammen.

„Du hast doch gesagt, wir werden in warmen, bequemen Häusern wohnen, wenn wir sie erobern“, sagte der Soldat. „Jetzt haben sie sie erobert und wollen in ihnen wohnen.“

„Das hat gerade noch gefehlt!“, entschlüpfte es Urfin. „Wenn ich nicht eingreife, verstreut sich meine Armee über die eroberten Dörfer, und dann kommen wohl nur ich und der Bär bis zum Violetten Palast. Nein, so geht es nicht!“

Urfin kehrte in das Dorf zurück, um Bois mit seinen Soldaten zurückzuholen.

Eine geschlagene Stunde redete der Feldherr auf die Dickschädel ein. Er malte ihnen aus, welch herrliche Schätze ihrer harrten und wie verlockend die Smaragdenstadt sei. Aber das konnten die Marranen mit ihren unentwickelten Hirnen nicht begreifen. Wie sollten sie auch, wenn vor ihnen die Häuser der Zwinkerer so schön und einladend standen!

Nur mit Mühe gelang es Urfin, die Soldaten doch zu überreden. Als sie fort waren, gingen die Zwinkerer daran, ihre verwüsteten Behausungen wieder herzurichten.

Aber wie sah die Kompanie Bois' nach diesem ersten „Gefecht" aus! Der eine hatte sich einen Kochtopf auf den Kopf gestülpt, ein anderer hielt viele Messer und Gabeln in den Händen, ein dritter hatte sich einen gewaltigen Waschtrog auf den Rücken geschnallt, und zwei Riesenkerle schleppten ein Bettgestell mit Federbett, Kissen und Decke mit sich.

Über dieses komische Bild musste selbst der mürrische Urfin lachen. Übrigens wurden die Soldaten ihrer Beute bald überdrüssig. Zuerst warfen sie das Bett fort, diesem folgten der Trog und dann alles andere. Sie taten wie Kinder, die ihre Spielsachen schnell satt haben und liegen lassen.

Die Gefangennahme des Eisernen Holzfällers

Urfins Armee bewegte sich schnell vorwärts. Die Zwinkerer, friedliche Handwerker und Bauern, konnten der Rotte kraftstrotzender Burschen keinen Widerstand leisten.

Die Marranen hatten Urfins Lehren beherzigt. Jetzt blieben sie nicht mehr in den eroberten Häusern, rührten auch Geschirr und Möbel nicht an und nahmen nur Kleidung und Decken mit. Allerdings raubten sie alles Essbare: Milch und Butter, Käse und Mehl, Hühner und

Gänse und schlachteten Kühe und Schafe. Nach ihrem Abzug sahen die Dörfer wie Felder nach einer Heuschreckenplage aus.

Kein Zwinkerer konnte den Eisernen Holzfäller vor der nahenden Gefahr warnen, denn Urfin handelte nach allen Regeln der Kriegskunst. Er schickte der Truppe eine Schar Späher voran, die alle Einwohner, die nach Nordost zu entweichen suchten, abfingen. Deshalb traf der Herrscher des Violetten Landes keine Vorsichtsmaßnahmen.

Als die Armee sich dem Schloss des Eisernen Holzfällers auf einige Meilen genähert hatte, befahl Urfin zu halten, während er selbst mit etwa zwei Dutzend Aufklärern, dem Bären und dem Clown, weiter vorstieß.

Die Kundschafter bewegten sich sehr vorsichtig. Sie krochen auf dem Bauch und horchten nach allen Seiten. Als ein verdächtiges Geräusch an ihr Ohr drang, legte sich Urfin auf die Erde und machte den Soldaten und dem Bären ein Zeichen, dasselbe zu tun. Nur Eot Ling, der in seinem Kaninchenfell von der grauen Erde nicht zu unterscheiden war, pirschte sich weiter vor.

Nach wenigen Minuten kam er zurück und sagte leise:

„Ich habe den Eisernen Holzfäller gesehen. Er rodet Wurzeln."

Das Wurzelroden war die Lieblingsbeschäftigung des eisernen Mannes. Sie erinnerte ihn an die Vergangenheit, da er noch ein Mensch war wie jeder andere und im Wald arbeitete, denn er wollte sich ein Heim bauen und das Mädchen heiraten, das er liebte. Das Mädchen hatte aber eine böse Tante, die sich bei der Hexe Gingema lieb Kind machte und sie anstiftete, die Axt des Holzfällers zu verzaubern. Die Axt hieb dem Ärmsten zuerst die Beine ab, dann die Arme und zuletzt auch den Kopf. Ein geschickter Schmied machte dem Mann neue Beine und Arme und einen Kopf aus Eisen, nur ein Herz konnte er für ihn nicht anfertigen. Das bekam der Holzfäller später vom Zauberer Goodwin und war damit sehr zufrieden.

Das Wurzelroden brachte auch großen Nutzen, denn der Holzfäller übergab die gesäuberten Felder den Zwinkerern, die auf ihnen Weizen säten. Nicht umsonst waren diese so stolz auf den eisernen Mann und liebten ihn wie einen Vater, war er doch der einzige Herrscher auf der Welt, der für seine Untertanen arbeitete.

Urfin fragte den Clown:

„Ist er allein?"

„Ja."

„Und wo ist seine schreckliche Axt?"

„Sie liegt zwanzig Schritt weit von ihm."

„Oh, dann ist er in unserer Hand!", frohlockte Urfin.

Er befahl den Marranen, den Holzfäller einzukreisen und sich von allen Seiten auf ihn zu stürzen. Der Bär sollte indessen auf die Axt zulaufen und sie mit seinem schweren Leib bedecken. Der Holzfäller, sagte er, dürfe auf keinen Fall die Axt in seine Hand bekommen, andernfalls könnte er mit seiner gewaltigen Kraft die Angreifer zurückschlagen, wie zahlreich sie auch sein mochten.

Nichts ahnend drückte der eiserne Mann auf seinen dicken Knüppel, den er unter eine Wurzel geschoben hatte, während in seinem Kopf freudige Gedanken umgingen. Er hatte vor kurzem die Nachricht erhalten, dass der Scheuch und die Krähe Kaggi-Karr ihn demnächst besuchen wollten, und jetzt schwelgte er im Vorgefühl der Gespräche über die Vergangenheit, die sie führen würden.

Mit einem Mal veränderte sich das friedliche Bild: Hinter Wurzeln und kleinen Erdhügeln sprangen grimmige Gestalten hervor, die sich brüllend auf den Holzfäller stürzten. Der Mann war so überrascht, dass er nicht einmal den Knüppel ergriff, der in seinen Händen eine furchtbare Waffe sein konnte.

‚Die Axt, nur die Axt kann mich retten!', schoss es dem Holzfäller durch den Kopf. Er schüttelte die Angreifer ab und machte ein paar Sätze auf die Axt zu, die in diesem Augenblick unter dem mächtigen Leib des Bären verschwand.

Marranen hingen am Rücken des Holzfällers und umklammerten seine Arme und Beine. Urfin hatte für seinen Kundschaftertrupp die kräftigsten und flinksten Soldaten ausgesucht. Der Kampf dauerte nicht lange. Bald lag der eiserne Mann gefesselt auf dem Boden. Es fehlte nicht viel, dass Tränen ohnmächtiger Wut aus seinen Augen rannen, aber zum Glück fiel ihm rechtzeitig ein, dass er dann verrosten und niemand sich finden würde, ihm die Glieder einzuölen.

Mit der ganzen Kraft seines Willens drängte der Holzfäller die Tränen zurück und hob die Augen. Vor ihm stand, den Mund zu einem höhnischen Grinsen verzogen, Urfin Juice.

„Ihr … Ihr seid es!", entfuhr es dem Holzfäller. „Wie ist das möglich? Der Scheuch hat doch gesagt, Ihr lebt zurückgezogen in Eurem Haus im Blauen Land …"

„Woher wusste er das?", fragte Urfin argwöhnisch.

Der Holzfäller hätte sich beinahe versprochen und vom Zauberkasten erzählt, besann sich aber, dass er dieses Geheimnis dem Feind nicht verraten durfte. Übrigens half Urfin selbst ihm aus der Verlegenheit.

„Oh, ich verstehe! Das haben ihm natürlich die Käuer hinterbracht. Ja, ich habe dort lange Jahre gelebt, aber, wie Ihr seht, bin ich jetzt hier, und mir gehorchen nicht zweihundert steife Holzsoldaten, sondern Tausende kräftiger und flinker Springer!"

„Wie konntet Ihr nur die Macht über sie erringen?", fragte der Holzfäller. „Die haben doch niemals jemanden an sich herangelassen!"

„Bei mir haben sie eben eine Ausnahme gemacht", prahlte Urfin. „Die wissen ja, wer ich bin. Aber zur Sache. Ich schlage Euch vor: Wollt Ihr mein Statthalter im Violetten Land werden und die Zwinkerer in meinem Namen regieren?"

Juice konnte sich natürlich einen anderen Statthalter nehmen, aber er wollte, dass ein so berühmter Mann wie der Eiserne Holzfäller ihm diene und seine Befehle ausführe.

Aber der Holzfäller erwiderte stolz: „Nein, niemals!"

„Ihr werdet es noch bereuen!", drohte Urfin. „Diesmal werde ich Euch nicht in den Turm sperren, sondern in einen finsteren Keller, wo Euch die Feuchtigkeit rasch den Garaus machen wird!"

Der Holzfäller erschauerte beim Gedanken an ein so schreckliches Ende, wiederholte aber mit fester Stimme:

„Nein, tausendmal nein!"

‚Oh, würde der Scheuch doch nur einen Blick auf den Zauberkasten werfen!', dachte er sich. ‚Mir wird das freilich nicht mehr nützen, aber er selbst könnte sich retten!'

Zum Glück flog gerade eine Meise vorbei. Als sie den Herrscher des Landes in einer so üblen Lage sah, stieg sie hinab und begann um den gefesselten Mann zu kreisen. Da rief der Holzfäller, so laut er konnte:

„Sag dem Scheuch in der Smaragdenstadt, er soll auf den Kasten gucken!"

‚Er redet wirr vor Schreck', dachte Urfin.

Die Meise fuhr fort, ihre Kreise über dem Holzfäller zu ziehen, der ihr wieder und wieder zurief, der Scheuch sollte unbedingt auf den Kasten gucken, davon hinge sein Schicksal ab. Ärgerlich warf Urfin einen Stein nach dem Vogel, doch dieser wich geschickt aus und piepste im Davonfliegen: „Hab verstanden! Der Scheuch soll auf den Kasten gucken, das ist sehr wichtig!"

Beruhigt legte sich der Holzfäller hin und verstummte.

Bald rückte das Gros der Truppe heran, und der Holzfäller sah, dass es eine schreckliche Streitmacht war. Nicht zu vergleichen mit den dummen Holzköpfen, die man mit einem einzigen Schuss aus der Holzkanone hatte ins Bockshorn jagen können!

Da der eiserne Mann sehr schwer war, zimmerte Urfin für ihn eine feste Trage, die vier Springer auf ihre Schultern nahmen. Die Armee setzte sich in Marsch zum Violetten Palast.

Natürlich war nicht zu erwarten, dass die Zwinkerer, ihres Führers beraubt, den Palast würden verteidigen können. Urfin nahm ihn ohne jeden Widerstand ein. Seinen siegestrunkenen Soldaten verbot er, den Palast zu betreten, weil er befürchtete, sie würden die Einrichtung demolieren. Die Kommandeure quartierte er in den Wirtschaftsbauten ein, und dem Feldgeistlichen, Krag, wies er den Eisenkäfig zu, in dem die Zauberin Bastinda einst den Löwen gefangen gehalten hatte. Krag gefiel der Käfig, obwohl es ihm darin etwas zu eng war.

Die gemeinen Soldaten lagerten im Freien. Für die Nacht hüllten sie sich in die Decken, die sie den Zwinkerern entwendet hatten.

Der Eiserne Holzfäller wurde in einen tiefen Keller gesperrt. Dort lag er nun in einer feuchten Ecke und fragte sich verzweifelt:

‚Was wird nun geschehen? Wird der Scheuch die Smaragdeninsel halten können, oder wird er wie ich ein Gefangener des grausamen Landräubers werden?'

Die Dienste des Zauberkastens

Der Scheuch bereitete sich auf die Reise in das Land der Zwinkerer vor. Er reiste gewöhnlich in einer Sänfte, die von Holzköpfen getragen wurde, die jetzt die nettesten und fleißigsten Arbeiter im Smaragdenland waren.

Der Scheuch gab dem langbärtigen Soldaten gerade die letzten Weisungen für die Zeit seiner Abwesenheit, als durch das offene Fenster die zerzauste Kaggi-Karr in den Thronsaal flatterte. Als alte Freundin des Herrschers durfte sie jederzeit unangemeldet vor ihm erscheinen, denn ihr hatte er ja das hohe Amt zu verdanken, das er jetzt einnahm. Sie war es auch, die ihm geraten hatte, sich nach einem Gehirn umzusehen, als er, auf einem Pfahl aufgesteckt, das Weizenfeld hütete.

„Alarm", schrie Kaggi-Karr. „Über die Vogelstaffel ist eine sehr wichtige Meldung eingetroffen!"

„Was für eine Meldung? Von wem?", fragte der Scheuch.

„Von unserem Freund, dem Eisernen Holzfäller", erwiderte die Krähe. „Er befiehlt, du sollst sofort in den Zauberkasten gucken, das sei sehr wichtig!"

„Wo ist der Zauberkasten?", fragte der Scheuch beunruhigt. „Man bringe ihn her!"

Der Zauberkasten stand nicht auf seinem alten Platz. Die Putzfrau, die es müde war, jeden Tag den Staub von ihm zu wischen, hatte ihn in die Rumpelkammer gestellt.

Als der Kasten schließlich hereingetragen wurde, stellte sich der Scheuch vor ihn und stieß aufgeregt die magischen Worte hervor:

„Birelija-turelija, buridakl-furidakl, es röte sich der Himmel, es grüne das Gras – Kasten, Kästchen, bitte zeig mir den Eisernen Holzfäller!"

Als die Mattscheibe aufleuchtete, schlugen der Scheuch und Din Gior die Hände über den Köpfen zusammen, und die Krähe stieß einen Schrei des Entsetzens aus, denn was sie auf dem Bildschirm sahen, war der große Saal des Violetten Palastes, in dem Urfin Juice auf dem Thron saß, während der Eiserne Holzfäller gefesselt vor ihm stand.

„O weh!", rief der Scheuch. „Der Holzfäller gefangen! Jetzt weiß ich, warum Stella mir geboten hat, auf Urfin, diesen Schuft, aufzupassen. Pst! Hört einmal zu!"

Aus dem Fernseher drang die Stimme Urfins:

„Ihr weigert Euch also zum fünften Mal, mir im Violetten Land zu dienen?"

„Zum fünften Mal sage ich Euch: Nein, abscheulicher Landräuber, und ich werde es zum hundertsten und zum tausendsten Mal sagen!"

Dem Scheuch schwoll die Brust vor Stolz über den wackeren Freund, während die Krähe zornig aufschrie:

„Urfin, du Lump!"

Urfin befahl eben den Wachen:

„Führt den Verhafteten ab und sperrt ihn in den tiefsten Keller des Palastes!"

Der Scheuch zitterte vor Wut. Oh, wie gern wollte er jetzt an der Seite seines Freundes stehen! Selbst wenn er ihm nicht helfen konnte, würde er zumindest sein Schicksal teilen. Kaggi-Karr stieß zornig ihren Schnabel in das verhasste Gesicht Urfins auf dem Bildschirm. Nur gut, dass das Glas nicht zerbrach. Wahrscheinlich hatten die Leute, die es hergestellt hatten, mit solchen Vorfällen gerechnet.

„Nicht so stürmisch!", rief der Scheuch.

Empört beobachteten die Zuschauer, wie die Marranen den Holzfäller durch halbdunkle Gänge abführten. Dann erlosch der Bildschirm, weil es im finsteren Keller keinen Lichtstrahl gab, den er hätte auffangen können.

„Was fangen wir jetzt bloß an?", fragte Kaggi-Karr aufgeregt.

„Ich will es mir überlegen“, antwortete der Herrscher der Smaragdeninsel und versank in tiefes Nachdenken.

Wie immer in solchen Fällen, schwoll ihm der Kopf und blähte sich auf, und die Nadeln und Stecknadeln des Gehirns kamen zum Vorschein.

„Tut es weh?“, fragte die Krähe voller Mitgefühl.

„Schweig, bitte“, brummte der Scheuch, „wenn du mich störst, kann ich mich nicht sammeln.“

Eine geschlagene Stunde brütete der Scheuch vor sich hin und sagte schließlich mit blitzenden Augen:

„Ich hab's! Du musst zur Truppe Urfins fliegen!“

„Wozu?“, fragte die Krähe verwundert. „Soll ich es vielleicht mit einer ganzen Armee aufnehmen?“

„Das habe ich natürlich nicht gemeint“, entgegnete der Scheuch und fügte belehrend hinzu: „Du sollst nur mein Informator sein im Lager des Feindes.“

„Informator?“, fragte Kaggi-Karr verdutzt. „Das verstehe ich nicht.“

„Siehst du, der Kasten wird uns wenig nutzen, solange der Holzfäller im finsteren Keller sitzt. Du aber wirst im Violetten Land überall spähen und horchen können und folglich über alles Bescheid wissen. Jeden Tag, Punkt zwölf auf der Sonnenuhr, werde ich den Kasten bitten, dich mir zu zeigen, und du wirst uns mitteilen, was du ausgekundschaftet hast.“

Die Krähe war von diesem Einfall begeistert.

„Ich soll also Aufklärerin sein im Lager Urfins?“

„Genau!“

„Das hättest du doch gleich sagen können! Woher soll ich denn wissen, was Informator bedeutet? Wo nimmst du nur all die kniffligen Worte her?“

„Da, Mütterchen, da!“, tippte sich der Scheuch auf den mit Sägespänen gefüllten Kopf, in den die Nadeln und Stecknadeln langsam zurückkrochen.

„Oh, nicht umsonst nennt man dich den Dreimalweisen“, sagte die Krähe respektvoll.

„Na, siehst du!“, nickte der Scheuch geschmeichelt.

Man durfte keine Zeit verlieren, denn ein Vogelflug nach dem Violetten Land dauerte volle vierundzwanzig Stunden. Vor dem Aufbruch sagte die Krähe: „Falls ich etwas besonders Wichtiges erfahre, werde ich es über die Vogelstaffel weitergeben. Du aber halte die Fenster des Thronsaales Tag und Nacht offen.“

Der Hofuhrmacher erhielt Order, den Herrscher jeden Tag kurz vor zwölf an die Sendezeit zu erinnern.

Am ersten Tag blieb die Sendung aus, weil die Krähe sich noch im Vorgelände des Violetten Landes befand.

Am folgenden Tag aber klappte es. Kaggi-Karr hatte offenbar die genaue Zeit erfahren, denn Punkt zwölf sah der Scheuch sie auf dem Dach des Schlosses sitzen, die Augen der Smaragdeninsel zugewandt.

„Lieber Freund“, sprach die Krähe langsam, so, dass jedes ihrer Worte deutlich zu verstehen war. „Die Lage ist schlimmer, als wir dachten. Urfin Juice hat sich zum Herrscher der Springer erhoben und eine große Armee aufgestellt. Wie er es geschafft hat, weiß ich nicht. Auch kann ich dir nicht sagen, wie viele Soldaten er hat, denn sie halten keine Minute still, rennen hin und her und springen wie toll herum, dass es unmöglich ist, sie zu zählen. Aber es sind gewiss viel mehr als tausend. Sie haben das ganze Violette Land erobert, die Zwinkerer ausgeplündert und ihnen alles Essbare genommen. Die Einwohner hungern. Sie essen wilde Kräuter und sammeln die Getreidekörner ein, die nach der Ernte auf den Feldern geblieben sind. In ein paar Tagen will Urfin gegen die Smaragdeninsel ziehen. Vorerst exerziert er mit den Soldaten, die, das muss man sagen, recht dumm sind. Ich wollte den Eisernen Holzfäller aufsuchen, konnte aber nicht in sein Gefängnis eindringen. Ich fürchte, der Ärmste rostet ein. Dies wär's für heute. Bis morgen zur selben Stunde!"

Die Krähe machte eine Verbeugung zu den unsichtbaren Zuhörern hin und flog in einen nahen Obstgarten, um etwas zu sich zu nehmen. Der Scheuch wunderte sich, wie klar Kaggi-Karr, trotz der Kürze ihres Berichts, die Vorgänge im Lager des Feindes geschildert hatte. Er hätte ihr gern sein Lob ausgesprochen, aber das war leider über den Fernseher nicht möglich.

Die Erstürmung der Smaragdenstadt

Die Fernsehverbindung wurde wie verabredet jeden Tag um zwölf Uhr hergestellt. Aber es gab nichts Neues zu melden. Der Holzfäller sitze nach wie vor im Keller, erzählte die Kundschafterin, aber nichtsdestoweniger sehe sie ihn jeden Tag. Er werde täglich Urfin vorgeführt, der ihn zu überreden versuche, sich ihm zu unterwerfen. Doch der eiserne Mann sei unerschütterlich. Nachdem er Kaggi-Karr im Fenster des Palastes gesehen und begriffen habe, dass der Scheuch gewarnt sei, habe sich sein Wille noch mehr gefestigt, und er ertrage jetzt die qualvolle Gefangenschaft leichter als früher.

Das Exerzieren der Marranen nahm seinen Fortgang. Die Rekruten lernten Marschieren in Reih und Glied, Ausschwärmen, Wendungen und ähnliche militärische Weisheiten. Urfin verbrachte alle Tage von früh bis spät bei seinen Soldaten.

Vom Dienstpersonal des Violetten Palastes hatte er nur die Köchin Fregosa behalten, weil sie so gut kochte. Sie diente schon viele Jahre im Palast und wusste von Bastinda zu erzählen, die eine Schlemmerin gewesen war, aber alles Flüssige, zum Beispiel Mus oder Kompott, verabscheute. Trotz aller Vorsicht war die Hexe durch eine Flüssigkeit umgekommen. Als Elli einen Eimer Wasser auf sie ausgoss, zerschmolz sie und war auf der Stelle tot.

Von allen Herrschaften, denen sie gedient hatte, liebte Fregosa den Holzfäller am meisten, weil er so anspruchslos war. Nun war der sanfte Mann vom grausamen Urfin abgelöst worden. Fregosa hatte sich viele Male vorgenommen, ein giftiges Kraut in die Suppe des Bösewichts zu schütten, gab es aber auf, weil Urfin zu jeder Mahlzeit den Oberpriester an den Tisch rief und ihn jedes Gericht zuerst probieren ließ.

Fregosa beruhigte sich, als die Armee mit Urfin an der Spitze auszog, die Smaragdeninsel zu erobern. Im Violetten Land ließ Urfin den Statthalter Bois zurück, der sich unter allen Mannschaftsführern als der aufgeweckteste erwiesen hatte. Die Garnison bestand aus einer halben Hundertschaft. Diese, dachte Urfin, reiche völlig, um die ängstlichen Zwinkerer in Botmäßigkeit zu halten.

Während des Marsches fiel es Kaggi-Karr sehr schwer, ihren Auftrag zu erfüllen. Die Verbindung mit dem Scheuch durfte nicht abbrechen, aber wie sollte die Krähe die genaue Zeit erfahren, wo es weit und breit keine Sonnenuhr gab?

Beim Nahen der Mittagszeit beobachtete die Kundschafterin die Sonne und die Schatten der Bäume, um an ihrer Länge die Zeit zu bestimmen. Sie fasste ihre Berichte sehr kurz und wiederholte sie mehrmals in der Hoffnung, dass wenigstens einer den Scheuch erreichen würde. Das traf auch zu, denn der Herrscher der Smaragdeninsel saß jedes Mal lange vor dem Fernseher und wartete geduldig auf die Sendung. Aus den täglichen Meldungen erfuhr der Scheuch, dass Kaggi-Karr nachts, wenn die Marranen fest schliefen, lange Gespräche mit dem Holzfäller führte und ihn nicht verzagen ließ. Sie erbot sich sogar, mit ihrem starken Schnabel seine Fesseln zu zerschlagen, damit er entfliehe. Er lehnte jedoch ab mit der Begründung, dass die kurze Nacht für eine Flucht nicht ausreiche. Am nächsten Tag, sagte er, würden die schnellfüßigen Marranen ihn bestimmt einholen und zurückführen. Immerhin erwies Kaggi-Karr dem Holzfäller einen guten Dienst, indem sie aus dem Proviantlager der Armee Öl entwendete, das sie in die eingerosteten Gelenke des Mannes träufelte.

Der Scheuch beschränkte sich nicht auf die Fernsehverbindung mit der Krähe. Oft drehte er an den Knöpfen des Kastens so lange, bis er auch den finsteren Urfin ins Bild bekam. Einmal sah er ihn an der Spitze der Truppe marschieren, ein andermal erblickte er einen Zug

Soldaten, der über steiniges Gelände zog, ein drittes Mal die Sänfte, auf der die Marranen den gefesselten Holzfäller trugen.

Die Smaragdeninsel bereitete sich unter der Führung des Scheuchs, Din Giors und Faramants tatkräftig auf die Verteidigung vor.

Der langbärtige Soldat, den der Scheuch wieder zum Feldmarschall ernannt hatte, kümmerte sich jetzt nicht mehr um seinen Bart, Faramant nicht mehr um seine Tasche mit den grünen Brillen. Zu dritt bildeten sie den Obersten Stab. Sie wussten, dass der Kanal die Angreifer eine Zeit lang aufhalten werde. Alle Bürger lobten den Scheuch, der die Smaragdenstadt in eine Insel verwandelt hatte.

„Unser Herrscher", sagten sie stolz, „sieht die Zukunft um Jahre voraus."

Trotzdem war es klar, dass der Feind so oder so über den Kanal setzen werde, und dann mussten die Stadtmauern als Hauptverteidigungslinie dienen.

Unter Anleitung des Feldmarschalls schleppten die Einwohner Steine und Kessel mit Wasser herbei, unter die sie Stroh legten. Beim Anrücken des Feindes sollte es angezündet und das kochende Wasser auf die Köpfe der Angreifer ausgeschüttet werden.

Die Waffenschmiede schliefen jetzt nicht mehr als zwei bis drei Stunden täglich. Sie fertigten straffe Bögen und Pfeile mit Eisenspitzen an. Auf den Zufahrtsstraßen zur Stadt konnte man zahllose, von kleinen Pferden gezogene Wagen und von Menschen geschleppte Handkarren mit Proviant sehen, der für eine lange Belagerung reichen sollte. Die Einwohner der Smaragdenstadt hatten die Herrschaft Urfins noch gut in Erinnerung und wollten nicht ein zweites Mal unter sie geraten.

Als die Springerarmee sich dem Smaragdenland auf drei Tagesmärsche genähert hatte, traf über die Vogelstaffel eine wichtige Nachricht ein. Ein Eichelhäher überbrachte sie.

„Im Auftrag der Krähe Kaggi-Karr melde ich Euch, Dreimalweiser Herrscher", krächzte der Häher, der vor Erschöpfung kaum atmen konnte, „dass die Armee Urfin Juices von den Farmen Bretter und Balken mitnimmt, die die Soldaten tragen müssen. Den Zweck dieser

Handlungen weiß Frau Kaggi-Karr nicht zu erklären, darum lässt sie es Euch mitteilen."

Der Scheuch berief sofort einen Kriegsrat ein.

Feldmarschall Din Gior äußerte die Vermutung, der Feind wolle die Balken zum Rammen des Stadttores verwenden. Wozu er aber die Bretter brauche, konnte Din Gior nicht sagen. Der Leiter des Versorgungsdienstes, Faramant, meinte, die Bretter und Balken würden für Lagerfeuer verwendet werden, damit die Soldaten sich nachts wärmen und ihr Essen darauf kochen könnten. Die vornehmen Bürger schwiegen.

Dann ergriff der Scheuch das Wort.

„Und ihr wollt Strategen sein?", sagte er verächtlich. „Ist es euch denn nicht klar, dass Urfin von unserem Kanal weiß? Damit Menschen über ein Wasser gehen, müssen sie doch eine Brücke bauen. Zu diesem Zweck schleppen die Feinde die Bretter und Balken mit!"

Die Ratsmitglieder schwiegen beschämt.

Am dritten Tag nach der Ratssitzung überschwemmten Urfins Horden das Vorland der Smaragdeninsel.

Auf ihrem Marsch hatten die Marranen die Bevölkerung ausgeplündert, und jetzt stolzierten sie in den violetten Kleidern der Zwinkerer und den grünen Mänteln der Farmer des Smaragdenlandes einher. Die mit Schleudern und Knüppeln bewaffnete Truppe sah bedrohlich aus.

Urfin ließ seine Augen über das breite Wasser schweifen. Er hatte natürlich vom Bau des Kanals um die Smaragdenstadt gehört, denn das Gerücht hatte sich überall verbreitet und war bis zu den Zwinkerern gedrungen. Aber der Eroberer hatte sich die Breite des Kanals nicht vorgestellt. Er hatte nicht gedacht, dass es ein so ernstes Hindernis sein würde. Jetzt lobte er sich in Gedanken dafür, dass er für Baumaterial vorgesorgt hatte.

Beim Auftauchen der Feinde wurde die Fähre sofort zur Stadtseite abgeschleppt und auf Befehl Faramants mit Stroh gefüllt, das der Hüter des Tores ansteckte.

Der Bretterbelag verbrannte binnen weniger Minuten, und kurze Zeit später versanken die angekohlten Tragboote. Nach der Fähre wurden auch alle Segel- und Ruderboote verbrannt.

Urfin hatte vorausgesehen, dass die Verteidiger gerade so verfahren würden, und wunderte sich daher nicht über die Fährenverbrennung. Er beschloss, sofort mit dem Brückenbau zu beginnen, obwohl er wusste, dass das viel Mühe kosten werde. Urfin war aber nicht der Mann, der so schnell vor Schwierigkeiten zurückwich.

Am Tag arbeiteten die Marranen, nachts aber schliefen sie wie betäubt. Oh, hätte der Führungsstab der Belagerten das gewusst! Kaggi-Karr hatte nichts davon erwähnt – vielleicht, weil sie diesen todesähnlichen Schlaf der Marranen für normal hielt. Auch ist es fraglich, ob die Belagerten einen Angriff versucht hätten, denn für sie war der Kanal doch auch ein Hindernis.

Bangen Herzens sahen die Verteidiger, wie die schmale Brücke mit jedem Tag länger wurde, sie konnten aber nichts dagegen tun, denn zwischen der Stadtmauer und dem Kanal lag der breite Park, in dem sich ihre Pfeile verfingen.

So verging ein Monat. Die Brücke zog sich jetzt von einem Ufer des Kanals zum anderen. Der erste Zug der Marranen passierte sie im Gänsemarsch, ihm folgten andere. Mit Schleudern bewaffnete Soldaten trugen lange Bretter und zersägte Baumstämme. Bald füllten sie den ganzen Park. Unter dem Schutz der Bäume stießen sie bis zur Stadtmauer vor, doch hier prasselte ein Hagel von Pfeilen auf sie nieder, der viele Soldaten verwundete. Die Getroffenen krochen stöhnend zurück. Da ließ Urfin die Trompeter zum Rückzug blasen. Die Soldaten verschanzten sich in Stellungen, in denen die Pfeile sie nicht erreichen konnten.

Urfin schickte mehrere Hundert Marranen nach Ruten in den Wald, aus denen die Soldaten Schilde zu flechten begannen. Am Abend befiel sie wie gewöhnlich der Schlaf, worüber der Feldherr sehr besorgt war, da die Belagerung daran scheitern konnte. Da rief er den Bären, und während die Armee schlief, machten sich beide an die Arbeit …

Aber auch Din Gior und Faramant schliefen nicht in dieser Nacht.

Sie hatten sich einen kühnen Plan ausgedacht. Als es finster wurde, schlichen sie sich geräuschlos aus der Stadt. Mit Stroh und brennenden Fackeln in den Händen liefen die beiden zur Brücke, um sie anzuzünden. Am Ufer blieben sie jedoch wie angewurzelt stehen, denn was sich ihnen darbot, war nicht das Brückenende, sondern der Widerschein der Fackeln im dunklen Wasser. Urfin und der Bär hatten nämlich das Ende der Brücke abgetragen!

Am Morgen stießen die Angreifer unter dem Schutz ihrer Schilde bis zur Mauer vor.

Es begann ein erbitterter Kampf. Urfins Schleuderer schickten einen Hagel von Steinen gegen die Mauer, und die Verteidiger mussten hinter den Zinnen Deckung suchen. Von dort aus schossen sie ihre Pfeile ab und warfen Steine und brennendes Stroh auf die Köpfe der Angreifer.

Durch die Schilde gedeckt wälzten die Marranen Klötze heran, auf die sie lange Bretter legten. Der Scheuch und sein Stab beobachteten dieses Treiben, das sie nicht verstehen konnten.

Als entlang der Wand etwa einhundert Bretter auf Klötzen lagen, ertönte ein Trompetensignal, worauf mit Keulen bewaffnete Soldaten sich auf je ein Brettende stellten, wodurch das andere, freie Brettende sich anhob. Bei diesem Anblick wurde Feldmarschall Din Gior leichenblass.

„Wir sind verloren ... Das sind Schleudervorrichtungen!“, murmelte er. „Ich habe davon in alten Chroniken gelesen. Aber wie ist bloß Urfin darauf gekommen?“

Die Marranen waren sehr behände. Auf jedes freie Brettende sprangen auf einmal zwei oder drei Soldaten, wodurch das entgegengesetzte Ende hochschnellte und die darauf stehenden Männer emporschleuderte.

Mehrere Dutzend Marranen erreichten das Ziel. Sie klammerten sich an den Mauersims, zogen sich hoch und fielen über die Verteidiger her.

Unter den Bürgern brach eine Panik aus. Viele sprangen von der Mauer und eilten auf ihre Häuser zu, in denen sie Schutz zu finden hofften. Faramant und Din Gior kämpften wie Löwen. Selbst der

Scheuch versuchte, mit seinen weichen Stroharmen einen großen Stein aufzuheben, den er den Angreifern entgegenschleudern wollte.

Die Übermacht war aber zu groß. Im Nu hatte man den Oberkommandierenden und seinen Stab gefesselt. Der Scheuch wurde Urfins Gefangener.

Der Eroberer bot ihm auf der Stelle das Amt eines Statthalters an. Wie der Holzfäller, schlug aber auch der Strohmann das Angebot aus.

„Man führe diesen Dickschädel und seinen eisernen Freund in den Turm, wo sie schon einmal lagen“, befahl Urfin.

„Sperrt sie aber nicht in das obere Gelass, sondern in den nassen Keller! Wollen mal sehen, wie lange sie es dort aushalten werden!“

Trotz des Unglücks, das über ihn hereingebrochen war, freute sich der Scheuch über das Wiedersehen mit seinem Freund.

Der Holzfäller begrüßte ihn nur mit einem Kopfnicken, denn er konnte vor Schwäche kein Wort hervorbringen.

Der Scheuch watschelte hinter dem Holzfäller her und dachte voller Gram an den herrlichen Kasten: ‚Wenn Urfin das Geheimnis errät, wird er noch mächtiger sein als bisher‘, sagte er sich. Da fiel ihm jedoch ein, dass außer ihm niemand die magischen Worte kannte. ‚Ohne diese Worte ist der Kasten aber nur ein Möbelstück. Mir wird Urfin die Beschwörung bestimmt nicht entlocken‘, entschied der Strohmann.

Man brachte die Gefangenen in den Keller, in dem der Scheuch einst an einem Haken aufgehängt worden war, weil er gegen Urfin gemeutert hatte. Der Haken stak noch in der Wand, nur dass er jetzt verrostet war.

„Von hier bin ich schon einmal ausgebrochen, das wird mir wohl auch ein zweites Mal gelingen!“, rief der Scheuch munter.

Der Eiserne Holzfäller schüttelte nur den Kopf.

Nach der Eroberung des Smaragdenlandes beschloss Urfin, die Holzköpfe wieder in seine Dienste zu nehmen. Da sie unverwundbar waren und niemals müde wurden, konnten sie ihm gewaltigen Nutzen bringen. Kaggi-Karr machte dem Eroberer jedoch einen Strich durch die Rechnung. Kaum war die Stadt gefallen, rief sie die Holzköpfe zu

einer Versammlung in einer Lichtung des Waldes. Da eine Tribüne nicht vorhanden war, setzte sich die Krähe auf den Kopf eines hoch aufgeschossenen Holzkopfs und hub an:

„Hölzerne Leute! Hört, was ich euch zu sagen habe! Ich eröffne euch, dass ich, Kaggi-Karr, anstelle unseres guten Herrschers, des Weisen Scheuchs, die Regierung im Smaragdenland übernommen habe! Wollt ihr schwören, dass ihr mir als eurer rechtmäßigen Gebieterin gehorchen werdet?"

„Wir schwören!", riefen die Holzköpfe.

„Schön. Und jetzt passt mal auf: Als man eure grimmigen Fratzen in freundliche Gesichter verwandelte, veränderte sich auch euer Charakter. Ihr konntet den Menschen nichts Böses mehr antun, und jedermann achtete euch als wackere und fleißige Arbeiter. Jetzt will der grausame Urfin Juice euch wieder mit seinem Meißel bearbeiten und erneut in Scheusale und Bösewichter verwandeln. Wollt ihr das?"

„Nein, nein! Wir wollen gut sein."

„Dann müsst ihr in den Tigerwald fliehen und dort in tiefen Schluchten abwarten, bis Urfins Macht zu Ende ist. Ich, die Gebieterin des Landes, verspreche euch, dass ihr nicht lange werdet warten müssen."

Grinsend stapften die Holzköpfe dem Tigerwald zu.

Urfins Hoffnungen brachen zusammen. Nur unter den ehemaligen Polizisten fanden sich etliche, denen es einerlei war, wem sie gehorchten, und die in Urfins Dienste traten.

Die Nüsse des Nuch-Nuch-Baums

Als die Stadt gefallen war, strömten die Springer in die Häuser und Geschäfte und in den Palast. Alles rief bei ihnen Staunen und Begeisterung hervor. Lachend rissen die Soldaten den Bürgern die grünen Brillen von den Nasen und setzten sie sich auf. Wie staunten sie aber erst, als plötzlich alles ringsum grün wurde!

Über die Smaragde zwischen den Pflastersteinen und in den Dächern und Wänden der Häuser wunderten sie sich nicht, denn Smaragde gab es ja auch in den Bergen ihrer Heimat. Dafür aber starrten sie mit offenen Mäulern die Häuser an, deren Dächer sich oben fast berührten, und die prächtigen Zimmer mit den weichen Teppichen und schönen Möbeln. Beim Anblick dieser Herrlichkeiten gingen den Strohhüttenbewohnern die Augen über.

„Jetzt haben sich die großherzigen Versprechungen des Feuergottes erfüllt!", jubelten die Marranen. Brüllend stürzten sie in die Häuser der reichen Handwerker und Kaufleute und jagten die Einwohner auf die Straße. Jammernd verließen diese die Insel. Jetzt sehnten sie sich sogar nach der Zeit zurück, da Urfin mit seinen Holzköpfen die Stadt zum ersten Mal erobert hatte. Die Holzköpfe hatten wenigstens fremdes Eigentum nicht geraubt, denn sie brauchten weder ein Dach, noch

Essen, noch Kleidung. Zwar hatte Urfin den Bürgern schwere Steuern auferlegt, aber aus den Häusern hatte er sie nicht vertrieben.

Urfin begann, Ordnung in der Stadt zu schaffen. Vor allen Dingen befahl er den Soldaten, den Palast zu räumen.

„Der Palast ist die Wohnstätte des Gottes!", rief er. „Hier dürfen sich nur die Leibwachen des großen Urfin aufhalten – er wird sie aus den Reihen der wackersten Kämpfer auswählen. Wer den Herrscher besuchen will, muss sich vorher anmelden lassen."

Die Leibwachen rechtfertigten aber nicht sein Vertrauen. Schon in der ersten Nacht fielen sie in einen bleiernen Schlaf. Wären Din Gior und Faramant nicht in Gefangenschaft, hätten sie Urfin schon in dieser ersten Nacht überrumpeln können. Erst bei Tagesanbruch atmete Urfin, der die ganze Nacht kein Auge zugemacht hatte, erleichtert auf.

Wie erstaunt aber war er, als durch das offene Fenster des Thronsaals seine alte Freundin und Zaubergehilfin, die Eule Guamokolatokint, hereinflatterte.

„Guam!", rief Urfin aus.

„Guamoko!", korrigierte ihn streng die Eule. „Wenn mich mein Gedächtnis nicht trügt, haben wir vereinbart, dass du mich zumindest beim halben Namen nennst."

Urfin wunderte sich über den Starrsinn des Vogels, der trotz der vergangenen zehn Jahre nichts von seiner Gespreiztheit eingebüßt hatte.

„Meinetwegen, Guamoko!", sagte Urfin. „Jedenfalls freut es mich, dich wieder wohlauf zu sehen, alte Freundin!"

„Weißt du übrigens, dass ich gleich an dem Tag, an dem deine Armee die Insel belagerte, von deinem Eintreffen erfuhr?"

„Warum bist du nicht gleich zu mir gekommen?", wollte Urfin wissen.

„Ich bin eben alt und nicht mehr so reisefreudig wie früher. Jeden Tag nahm ich mir vor, dich zu besuchen, und schob es immer wieder auf."

In Wirklichkeit hatte die schlaue Eule nur abgewartet, wie die Belagerung ausgehen werde. Wäre Urfin zurückgeschlagen worden, hätte

Guamoko ihn gewiss nicht besucht, jetzt aber, da er gesiegt hatte, beschloss sie, die alte Freundschaft wieder aufzunehmen.

„Ich habe für dich ein nettes Geschenk“, fuhr die Eule fort. „Weißt du, dass ich jetzt die Gebieterin aller Eulen und Uhus der Umgebung bin? Aus Achtung vor meinem Wissen und meiner Erfahrung füttern sie mich mit Mäusen und kleinen Vögeln …“

„Na, sag schon, worauf du hinauswillst“, unterbrach Urfin die Eule ungeduldig.

„Lass mich doch ausreden. Einmal konnten meine Untergebenen die fällige Portion Mäuse nicht aufbringen und boten mir stattdessen Nüsse des Nuch-Nuch-Baums an. Süße Nüsse sind für unsereins natürlich kein Essen, wie du weißt, aber ich musste mich eben zufrieden geben. Ich hatte nur eine Handvoll davon gegessen, und – stell dir vor! – einen ganzen Tag und eine ganze Nacht konnte ich dann kein Auge schließen.“

Urfins Gesicht hellte sich auf.

„Nuch-Nuch-Nüsse, sagst du?“

„Das wäre etwas für deine Wachen. Ich bin seit gestern in der Stadt und habe deine Posten mehrmals auf die Probe gestellt. Aufrichtig gesagt, habe ich solche Schlafmützen in meinem Leben noch nicht gesehen. Selbst wenn du sie totschießt, wachen die nicht auf.“

„Nüsse gegen Schlaf, das ist ja großartig“, sagte Urfin. „Ich will sogleich ein Dutzend meiner Leute mit Körben in den Wald schicken. Zeige ihnen, liebe Guamokolatokint, den Nuch-Nuch-Baum, tu mir bitte den Gefallen. Im Land der Käuer habe ich von einem solchen Baum nichts gehört.“

„Der wächst freilich nur in der Umgebung der Smaragdeninsel“, sagte die Eule, der es schmeichelte, dass Urfin sie beim vollen Namen nannte.

„Falls es sich mit der Nuch-Nuch-Nuss wirklich so verhält, wie du sagst, will ich meinen Jägern befehlen, dir jeden Tag frisches Wild zu beschaffen“, sagte Urfin großmütig.

Wenige Stunden später waren die Nüsse im Palast. Urfin befahl, aus den Kernen einen kräftigen Likör mit Vanille und anderem Gewürz zu brauen und jedem Wachsoldaten am Abend eine Tasse voll zu geben.

Jetzt schliefen die Wachen in der Nacht nicht mehr, und der Thronräuber fühlte sich sicher. Allerdings erwiesen sich die Nüsse als nicht so unschädlich, wie er gedacht hatte. Die Springer, die den Sud tranken, sahen bei helllichtem Tag Gespenster, rollten die Augen, stotterten und fühlten sich elend. Dieser Zustand verging nicht eher, als bis sie eine neue Portion des Likörs getrunken hatten.

Da aus dem Violetten Land keine Nachrichten eintrafen, meinte Urfin, seine Macht dort sei gesichert, und wollte nunmehr auch den Westen erobern. Zu diesem Zweck schickte er drei seiner besten Einheiten unter der Führung Harts, den er zum Obersten ernannt hatte, gegen die Käuer und Erzgräber aus.

„In drei Wochen sollst du mir das Blaue Land erobern", befahl der König.

Urfins Freude kannte jetzt keine Grenzen. Ihm schien, er habe alle seine Pläne mit bewundernswerter Schlauheit ausgeführt, ungeachtet dessen, dass der Riesenadler ihn verlassen hatte.

„Gut, dass Karfax gegangen ist", murmelte er, während die Kolonne unter der Führung Harts auf der gelben Backsteinstraße davonzog. „Es war eine Plage mit diesem Vogel, dem es die Ehrlichkeit angetan hatte. Er duldet keinen Betrug, ha, ha, ha! Wäre ich vielleicht ohne Betrug König und Gott geworden? Jetzt verheißt mir die Zukunft Sieg und Ruhm …"

DRITTER TEIL

Die wunderbaren Maultiere

Anns und Tims Wunschträume

Als Elli von ihrer dritten Reise aus dem Zauberland nach Kansas zurückkehrte, fand sie zu Hause ein Schwesterchen vor. Man hatte es nach der Mutter auf den Namen Anna getauft, aber alle nannten es zärtlich Ann. Über die Freude an dem Kind, das ihr wie ein kleines, lebendiges Wunder vorkam, verblassten Ellis Erinnerungen an ihre ungewöhnlichen Abenteuer.

Die ersten Märchen, die die kleine Ann von ihrer Schwester hörte, handelten von der Smaragdenstadt und dem falschen Zauberer Goodwin, vom Scheuch und dem Eisernen Holzfäller, vom feigen Löwen und der Krähe Kaggi-Karr, von Urfin Juice, seinen Holzsoldaten und den sieben unterirdischen Königen. Elli wusste sehr spannend von den grusligen und drolligen Begebenheiten zu erzählen, die sie in dem wunderbaren Land erlebt hatte, das durch eine Sandwüste und hohe Berge von der übrigen Welt getrennt war. Anns bester Freund wurde Tim O'Kelli von der Nachbarfarm, die nur eine Viertelmeile vom Häuschen John Smiths entfernt war.

Tim war anderthalb Jahre älter als Ann, und seine Freundschaft zu ihr hatte etwas Gönnerhaftes. Es war drollig und rührend, wie der Knirps, der selbst noch nicht fest auf den Beinen stand, seine kleine Freundin vor kollernden Truthähnen und übermütigen Kälbern schützte. Die Kinder waren unzertrennlich.

Die beiden Mütter, Frau Anna Smith und Frau Margaret O'Kelli machten keinen Unterschied zwischen dem eigenen und dem Nachbarkind. Sie streichelten beide mit der gleichen Liebe, und auch Klapse gaben sie ihnen, wenn sie's verdienten, mit der gleichen Strenge, einerlei, ob es das eigene Kind oder das der Nachbarin war.

Der kleine Tim war immer dabei, wenn Elli dem Schwesterchen ihre wunderbaren Geschichten erzählte. Als Tim und Ann größer wurden, wünschten sie sich nichts so sehnlich, als das Zauberland und dessen liebe und fröhliche Einwohner kennenzulernen.

Ann und Tim wussten, dass der Anlass der zweiten Reise Ellis die Botschaft Kaggi-Karrs gewesen war. Die Krähe hatte dem Mädchen die Bitte des Scheuchs und des Eisernen Holzfällers überbracht, sie aus der Gefangenschaft des tückischen Urfin Juice zu befreien. In Begleitung des einbeinigen Seemanns Charlie Black hatte Elli, die im Zauberland die Fee des Tötenden Häuschens genannt wurde, die gefährliche Reise angetreten und den bösen Urfin besiegt.

Jetzt hielten Ann und Tim jede Krähe im Umkreis für Kaggi-Karr. Würden sie eine Botschaft aus dem geheimnisvollen Land erhalten, sie würden keinen Augenblick zögern, gegen die tückischen Zauberer und bösen Hexen in den Kampf zu ziehen! Leider erwiesen sich die Krähen, mit denen sie sich anzufreunden suchten, nur als einfache Vögel und nicht als Boten des Scheuchs.

Die Krähen nahmen die Bewirtungen Anns und Tims gerne an und verbreiteten in ganz Kansas das Gerücht von den zwei guten Kindern. Unzählige Krähenschwärme gingen auf die Dächer der Häuser und Schuppen nieder und stritten sich um jedes freie Plätzchen auf den Zweigen der umstehenden Bäume, um etwas von den Leckerbissen zu ergattern, die Tim und Ann für sie bereithielten …

Das war den Farmern der Umgebung denn doch zu viel. Sie sahen das reife Korn auf ihren Feldern von den frechen Vögeln bedroht und beschlossen, sie zu vertreiben. Mit Steinen und Stöcken, Flinten und Pistolen zogen sie gegen die Schwärme los, und der alte Rolf hatte sogar aus seinem Schuppen die kleine Kanone geholt, die noch aus der Zeit des Bürgerkrieges stammte. Er füllte sie mit Pulver und Schrot und feuerte auf den größten Schwarm.

Zu seinem Entsetzen platzte aber die Kanone, und Großväterchen Rolf kam nur wie durch ein Wunder mit dem Leben davon. Allerdings erschraken auch die Krähen so sehr, dass sie nach allen Seiten auseinanderstoben.

„Vielleicht war Kaggi-Karr unter diesen Krähen?“, seufzten die Kinder.

Zu ihrem siebenten Geburtstag bekam Ann von ihrer Schwester die Trillerpfeife geschenkt, die diese von Ramina, der Königin der Feldmäuse, bekommen hatte. Es tat Elli nicht leid, sich von diesem Andenken zu trennen, denn in Kansas, sagte sie, gäbe es doch keine Wunder. Ann war freilich anderer Meinung. Noch am selben Abend ging sie mit Tim hinter den Geflügelstall und blies dreimal in die Pfeife. Und siehe – das Wunder geschah!

Wie aus dem Boden gestampft, standen plötzlich unzählige Mäuse da! Beim Anblick der grauen Tierchen hätte manches andere Mädchen sicher zu schreien angefangen und wäre davongelaufen. Nicht aber Ann Smith. Sie stand ruhig da und betrachtete neugierig die winzigen Geschöpfe.

Den Mäusen gefiel die Beherztheit Anns. Sie rollten einen großen grauen Teppich auf, den eine große Maus, anscheinend die Königin, betrat. Sie richtete sich auf den Hinterpfoten auf, musterte mit ihren schwarzen Äuglein das Mädchen und piepste etwas, was die Kinder nicht verstanden. Leider haben Menschen und Tiere nur im Zauberland eine gemeinsame Sprache!

„Vielleicht überbringt uns die Königin Neuigkeiten aus dem Zauberland, oder sie will uns einen Rat geben, wie wir hingelangen können. Wie schade, dass wir ihre Sprache nicht verstehen!“, sagte Ann zu Tim.

Dann winkte die Mäusekönigin zum Abschied dreimal mit den Vorderpfoten und verschwand mit ihren Untertanen. Das Einzige, was von ihnen übrig blieb, waren die Spuren der kleinen Füße im Staub.

Ann und Tim trafen sich mehrmals mit den Mäusen, denn sie hofften, die Mäusekönigin werde einmal vielleicht doch eine menschliche Sprache sprechen. Das trat aber nicht ein.

Eines Morgens, als Ann und Tim sich in einem Winkel des Hofes erneut abmühten, aus der Sprache der Mäusekönigin klug zu werden, tauchte unerwartet Frau Anna auf. Sie war nicht so mutig wie ihre Tochter und stieß einen gellenden Schrei aus. Es fehlte nicht viel, und sie wäre in Ohnmacht gefallen, aber die Mäuse verschwanden, als hätte sie die Erde verschlungen.

„Oh, ihr schlimmen Kinder!", schrie Frau Anna zornig. „Nicht genug, dass ihr Schwärme gefräßiger Krähen auf die Farm gelockt habt, züchtet ihr jetzt noch eine Million Mäuse … Die werden uns noch eines Tages die Eier im Geflügelstall austrinken und das Korn in den Speichern aufessen."

„Aber es sind ja viel weniger als eine Million, Mutti", entgegnete Ann. „Diese lieblichen Tierchen kommen nur, wenn man sie herbeipfeift. Sie rühren auf der Farm nichts an."

„Genug!", schrie Frau Anna. „Gib die Pfeife her!"

Ann musste die Pfeife hergeben. Von diesem Tag an hörten die Begegnungen der Kinder mit den Mäusen auf.

Jetzt konnten Tim und Ann nicht mehr auf eine Begegnung mit Kaggi-Karr oder auf die Hilfe der Mäusekönigin hoffen. Da fiel ihnen der unterirdische Fluss ein, der einst Elli und ihren Cousin, Fred Cunning, in das Reich der sieben unterirdischen Könige geführt hatte. Eine solche Reise unter der Erde, meinten die Kinder, sei gewiss leicht zu verwirklichen.

‚Wenn wir uns ein Boot verschaffen und viel Proviant, Kerzen, Fackeln und Streichhölzer mitnehmen, könnten wir in einigen Tagen das unterirdische Land erreichen. Dann wäre es ein Leichtes, in das Zauberland hinaufzusteigen', überlegten die Kinder. Sie dachten lange nach, ob sie Totoschka mitnehmen sollen. Das Hündchen wusste natürlich Bescheid im Zauberland und würde ihnen dort gewiss nützlich sein. Aber Hunde altern schnell, und Totoschka war jetzt nicht mehr so flink und unternehmungslustig wie einst. Außerdem hatte er auch schon Enkel. Ann und Tim beschlossen, einen dieser Enkel, das Hündchen Arto, mitzunehmen.

Arto sah jetzt fast genauso aus wie Totoschka, als der noch jung war: dasselbe schwarze und seidige Fell, dieselben klugen Äuglein, dieselbe Treue und Bereitschaft, jederzeit das Leben für seinen Herrn hinzugeben.

Ann erzählte dem kleinen Arto, was sie beschlossen hatte. Verstand sie das Hündchen? Wahrscheinlich, denn es wedelte lustig mit dem Schwänzchen.

Im Herbst wurden Ann Smith und Tim O'Kelli auf die Schule geschickt. Tim hätte eigentlich schon ein Jahr früher in die Schule gehen sollen, doch ohne Ann wollte er's nicht. Er schrie und heulte so lange, bis die Eltern ihm erlaubten, noch ein Jahr zu Hause zu bleiben.

Jetzt überragte er Ann und die anderen Abc-Schützen um einen ganzen Kopf. Rotbäckig, blond, breitschultrig und mit kräftigen Fäusten ausgestattet, konnte er jetzt Ann gegen jeden Buben schützen, der sie hätte kränken wollen.

Selbstverständlich saßen Tim und Ann in einer Bank und machten auch die Hausaufgaben zusammen.

„Seht euch nur dieses unzertrennliche Pärchen an!", lachten die Erwachsenen.

Schon in den ersten Schulferien fuhren Ann und Tim mit Erlaubnis der Eltern in den Staat Iowa zu Fred Cunning.

Als John Smith seine jüngere Tochter ziehen ließ, konnte man an seinem Schmunzeln erkennen, dass er wohl wusste, was die beiden Kinder in die Ferne lockte. Er tat aber so, als merke er nichts, und wünschte ihnen angenehme Erholung.

Fred Cunning, Student der Technischen Universität, empfing seine kleine Cousine und ihren Freund sehr herzlich. Als Ann ihn aber schüchtern bat, er möge sie, Tim und Arto zur Höhle mit dem unterirdischen Fluss führen, erwiderte er lachend:

„Hat dir denn Elli nicht gesagt, Kindchen, dass der Eingang zur Höhle eingestürzt ist? Deshalb mussten wir ja damals unsere abenteuerliche Reise unternehmen ..."

Ann entgegnete:

„Ich weiß, aber ich dachte, der Eingang zur Höhle sei mittlerweile freigelegt worden."

„Wozu sollte man ihn freilegen?", fragte der Student.

„Das ist doch leicht zu verstehen", erwiderte das Mädchen. „Damit ein jeder in das Zauberland reisen kann!"

Fred bog sich vor Lachen.

„Du meine Güte! Du willst wahrscheinlich, dass man hier ein Reisebüro eröffnet und Touristen haufenweise in das Zauberland strömen?"

„Ist denn das so schlimm?", fragte Tim O'Kelli.

„Gewiss", sagte der Student ernst. „Das Zauberland ist gerade deshalb so reizend, weil es von der übrigen Welt völlig abgeschieden ist. Nur deshalb leben dort gute Zauberinnen wie Willina und Stella, sprechen die Tiere und herrscht ewiger Sommer in diesem Land. Stellt euch einmal vor, aus den Staaten kämen lärmende, freche Gentlemen und Ladys her. Das würde doch das Ende der braven Zwinkerer und Käuer bedeuten! Hier war schon einmal so ein unternehmungslustiger Geschäftsmann, der mir viele Dollars anbot, damit ich ihm den Zugang zur Höhle zeige. Ich nahm natürlich das Geld nicht an und zeigte ihm eine falsche Stelle. Zwei Wochen lang ließ er dort ein Dutzend Arbeiter graben und zog dann unverrichteter Dinge fort.

„Du meinst, wir sollen nicht mehr davon träumen, dieses Land jemals zu sehen", sagte Ann, und Tränen traten ihr in die Augen.

„Du bist natürlich eine Ausnahme", tröstete sie Fred. „Du bist Ellis Schwester, und Elli achtet man im Zauberland als eine mächtige Fee, die viel Gutes getan hat. Ich glaube, der Scheuch und seine Freunde würden sich sehr freuen, wenn du, Ann, und dein Freund Tim über die Große Wüste und die Weltumspannenden Berge hinweg in ihr schönes Land kämt."

„Aber wie schaffen wir das bloß?", seufzte Ann.

„Wo ein Wille ist, ist auch ein Weg", sagte Fred. „Wenn ihr angestrengt nachdenkt, werdet ihr schon ein Mittel finden, wie ihr in das Land eurer Träume kommen könnt. Auch ich will nachdenken, vielleicht fällt mir etwas ein."

Das Gespräch mit Fred gab den Kindern Hoffnung, und sie kehrten beruhigt nach Kansas zurück.

Eine Sendung von Fred

Die Ferien näherten sich ihrem Ende, als eines Tages die Postkutsche mit zwei großen Kisten auf dem Dach vor der Farm John Smiths hielt. Der Postillon und der Kutscher hoben mit großer Mühe die Kisten vom Dach und trugen sie in das Haus. Auf den Kisten stand in großen Buchstaben die Adresse John Smiths und die des Absenders: Alfred Cunning aus dem Städtchen New-Ville, Staat Iowa. „Von unserem Neffen Fred", sagte Frau Anna. „Er schickt uns wahrscheinlich Obst. Aber warum sind die Kisten so groß?"

„Mutti, es rührt sich etwas drin", sagte Ann, die das Ohr an eine Kiste gelegt hatte.

„Unsinn!", sagte die Farmerin.

Nichtsdestoweniger beschloss sie, mit dem Öffnen der Kisten zu warten, bis ihr Mann vom Feld heimgekommen war.

Ann, Tim und die Nachbarkinder, die von der ungewöhnlichen Postsendung erfahren hatten, warteten ungeduldig auf die Heimkehr des Farmers. Alle sagten, in den Kisten scharre und klopfe es. Sie hielten es vor Neugier fast nicht mehr aus, da kam endlich der Farmer. Mit Meißel und Zange begann er eine Kiste zu öffnen. Kaum hatte er den Deckel angehoben, da drang aus ihr ein lautes Wiehern. John wich zurück und Frau Anna bekreuzigte sich, während die umstehenden Jungen und Mädchen vor Freude jauchzten.

„Ein Pferdchen!", rief der dreijährige Bob.

„Unmöglich", brummte Farmer John. „Welches Pferd könnte es drei Tage in diesem Sarg ohne Luft und Futter aushalten?"

Wie staunte er aber, als aus der Kiste ein kleines, braunes Maultier kletterte, mit einem Huf stampfte und zu wiehern begann.

„Bei allen Heiligen!", rief der verdutzte Farmer und ergriff das Maultier am Halfter, damit es nicht davonlaufe. „Man könnte meinen, dass das Tier aus dem Zauberland kommt, wäre nicht Fred Cunning der Absender."

Des Vaters Worte machten auf Ann einen starken Eindruck. Sie ahnte, dass dieses Maultier das Mittel sei, mit dem sie ins Zauberland gelangen würde.

Umsonst suchte Farmer John in der Holzwolle nach einem Brief von Fred. Stattdessen fand er einen schönen Sattel mit weichem Sitz und versilberten Steigbügeln. Ein Brief lag in der anderen Kiste, in der sich gleichfalls ein Maultier, allerdings ein graues, befand, nur wenig kleiner als das erste. Auch ein zweiter Sattel lag bei.

Im Brief Alfred Cunnings stand:

„Meine liebe Cousine Ann! Dein Wunsch, das Zauberland zu sehen, ist so groß, dass ich mir den Kopf zerbrach, um dir zu helfen. Ich habe den ganzen Sommer an diesen zwei mechanischen Maultieren gearbeitet, die ich dir und deinem Freund Tim O'Kelli übersende."

John musste das Lesen unterbrechen, weil Tim einen Jauchzer ausstieß und einen Purzelbaum schlug, wie ihn gewiss kein zweiter Junge hätte machen können. Als Tim sich wieder beruhigte, fuhr der Farmer zu lesen fort:

„Diese Maultiere brauchen weder Futter noch Wasser. Energie erhalten sie von den Sonnenbatterien, die ich ihnen eingebaut habe ... In der großen Wüste gibt es reichlich Sonne, und ihr werdet nicht befürchten müssen, dass die Tiere aus Futtermangel schwach werden."

Weiter enthielt der Brief Anweisungen, wie die Tiere zu steuern seien. In der Mähne jedes Tieres sei ein verstellbarer Stift verborgen. Schiebe man ihn rückwärts, stünden die Tiere still, bringe man ihn in Mittelstellung, bewegten sie sich im Trab, und schiebe man den Stift bis zum Anschlag vor, gingen sie in Galopp über. Zum Wenden nach rechts oder links brauche man nur das Halfter in die gewünschte Richtung zu ziehen.

Es genüge, hieß es weiter im Brief, die Maultiere zwei bis drei Stunden täglich in der Sonne zu halten. Bei heiterem Wetter lüden sich die Batterien von selbst auf. Der Erfinder teilte ferner mit, er schicke die Tiere unaufgeladen, damit unterwegs nichts passieren könne.

„Warum haben sie aber gewiehert und sind von selbst aus den Kisten gestiegen?", fragte Tim O'Kelli, der sich für sein Alter erstaunlich gut in Mechanik auskannte.

Farmer John erwiderte nach kurzem Nachdenken:

„Wahrscheinlich hat die Sonne die Kisten während der Reise so erwärmt, dass die Batterien sich aufgeladen haben. Aber hol mich der Teufel, wenn das nicht eine ganz ungewöhnliche Erfindung ist! Auf diese Maultiere kann man sich allem Anschein nach verlassen!"

„Und folglich könnt ihr mich und Tim unbesorgt in das Zauberland ziehen lassen!“, fügte Ann munter hinzu.

„Das ist noch lange nicht entschieden“, entgegnete der Vater mit gespielter Strenge.

Am Ende des Briefes stand ein wichtiger Hinweis für Ann und Tim. Sie sollten, schrieb Fred, auf der Reise niemandem das Geheimnis der Wundertiere verraten. Sollten die Leute sie für einfache Maultiere halten, von denen sie sich dem Aussehen nach auch nicht unterscheiden. Das verringere die Gefahr, dass irgendjemand sie ihnen raube.

„Fred scheint überzeugt zu sein, dass Tim und Ann schon heute oder morgen aufbrechen“, brummte der Farmer. „Er hat wohl vergessen, dass bald das Schuljahr beginnt.“

Unerwartet setzte sich Frau Anna für die Kinder ein. „Elli ist doch viel länger als ein Jahr der Schule ferngeblieben“, sagte sie, „dabei hätten sich viele Kinder, was das Lernen angeht, ein Beispiel an ihr nehmen können! Was sie gesehen und erlebt hat, wiegt gewiss viele Schuljahre auf ...“

„Hast du denn keine Angst, Ann und Tim ins Zauberland ziehen zu lassen?“, fragte John erstaunt.

Frau Anna wies diesen Einwand zurück, denn sie glaubte, dass eines jeden Menschen Schicksal vorbestimmt sei.

„Der eine stürzt von der Treppe und bricht sich das Genick“, sagte Frau Smith, „während ein anderer von abenteuerlichen Reisen heil und gesund zurückkehrt wie unsere Elli.“

Am nächsten Tag traf Elli ein, die gleichfalls für Tim und Ann Partei ergriff. Mit solchen Bundesgenossen setzten die Kinder natürlich ihren Wunsch durch. Selbst die O'Kellis willigten in die Reise ihres Jungen ein.

Es wurde beschlossen, dass Ann und Tim gleich am folgenden Sonntag aufbrechen, da Farmer John seinen Ruhetag hatte und ihnen mindestens zwei Meilen weit das Geleit geben konnte.

Elli war von den Maultieren entzückt.

„Oh, hätten ich und Totoschka solche Rappen gehabt, als wir uns

müde auf dem Gelben Backsteinweg dahinschleppten!", sagte sie. „Erinnerst du dich noch an jene Zeit, Totoschka?"

Totoschka erinnerte sich natürlich an jene Zeit. Er wusste auch, dass man ihn jetzt nicht in das Zauberland mitnehmen werde und gab sich damit zufrieden. ‚Da lässt sich eben nichts machen, bei meinem Alter!', dachte das Hündchen. ‚Soll Arto nur ruhig ziehen. Schließlich muss man ja auch den Jungen eine Chance geben.'

Elli dachte sich für die Maultiere Namen aus. Sie hatte im letzten Semester Altertumsgeschichte studiert und nannte das Tier mit dem grauen Fell Cäsar und das mit dem braunen Hannibal. Das waren klingende Namen, die den Kindern sehr gefielen.

Der Aufbruch

An einem frühen Augustmorgen nahmen Ann und Tim Abschied von ihren Eltern. Ihre Reiseausrüstung war bis ins Einzelne durchdacht, was sie vor allem Elli zu verdanken hatten. Der Proviant war in den ledernen Satteltaschen verstaut, die die Tiere trugen. In zwei Rucksäcken lagen für jedes Kind zwei Paar Unterwäsche, Seife, Zahnbürste und Zahnpulver, Messer, Löffel und was man sonst noch für eine lange Reise braucht. Ann trug an einem Schulterriemen das Fernrohr, das seinerzeit der einbeinige Seemann Charlie Black Elli geschenkt hatte. Am linken Handgelenk hatte jedes Kind einen Kompass, am rechten eine Armbanduhr. In Tims Reisetasche lag ferner ein unaufgeblasener Volleyball. Der Junge hatte sich nämlich vorgenommen, die Käuer und Zwinkerer das schöne Spiel zu lehren. Tim selbst war ein ausgezeichneter Volleyballspieler, den sogar die größeren Jungen gern in ihre Mannschaft nahmen. Außerdem besaß er noch einen keulenartigen Knüppel, der an seinem Gürtel hing.

Aus einem Anns Sattel angehängten Sack ragte die Schnauze Artos hervor, dessen schwarze Äuglein erwartungsvoll glänzten. Die Reise gefiel ihm außerordentlich. Wenn ihm das Sitzen im Sack lästig wurde, kläffte er kurz, und Ann setzte ihn ab, damit er hinter den Maultieren laufen konnte.

John Smith begleitete die Kinder auf seiner braunen Stute Mary. Obwohl Hannibal und Cäsar auf den langsamsten Gang geschaltet waren, konnte das Stütlein mit den mit Sonnenenergie geladenen Maultieren kaum Schritt halten.

„Prächtige Rappen", brummte John zufrieden. „Vor einen Pflug gespannt, würden sie Gott weiß wie viele Äcker täglich bearbeiten."

Als verstünden sie die Worte des Farmers, wackelten die Maultiere über dieses Ansinnen ärgerlich mit den langen Ohren.

Beim Abschied umarmte der Farmer Ann und Tim, wünschte ihnen eine glückliche Reise und ermahnte sie, vorsichtig zu sein. „Ihr sollt euch nicht allzu lange im Zauberland aufhalten", sagte er. „Denkt daran, dass eure Eltern euch sehnsuchtsvoll zurückerwarten werden."

Tim und Ann schalteten auf Galopp, worauf die Hufe der Maultiere hochschnellten und eine mächtige Staubwolke aufwirbelten. Fünf Minuten später waren von ihnen nur noch zwei Pünktchen am Horizont zu sehen.

„Donnerwetter", murmelte John, „das nenne ich Galopp! Bei diesem Tempo wird ihnen kein Feind etwas anhaben können ..."

Auf dem Heimweg dachte der Farmer über die wunderlichen Begebenheiten nach, die seine Familie von dem denkwürdigen Tag an erlebte, da die Hexe Gingema das schreckliche Gewitter über Kansas heraufbeschworen hatte.

Ann und Tim freuten sich über den schnellen Ritt. Felder und Flüsse und Fuhren mit Getreide flogen an ihnen vorbei, und die seltenen Fußgänger sprangen entsetzt zur Seite und blickten ihnen entgeistert nach.

Am Abend hatten unsere Reisenden viele Meilen hinter sich gebracht. Sie beschlossen, in einem Wäldchen, fern von jeder Behausung, zu übernachten. Ann nahm aus ihrem Sack das Zaubertuch Charlie Blacks heraus, das sich auf Wunsch des Besitzers in ein Boot oder ein Zelt verwandeln konnte. Jetzt diente es den Kindern als Zelt, in dem sie unter der Obhut des treuen Arto ruhig die Nacht verbrachten.

Die Tage vergingen schnell. Ann und Tim hielten Kurs auf Nordost und mieden die bewohnten Stätten. An den Bächen, an denen sie vorbeikamen, füllten sie ihre dickbäuchigen Flaschen mit Wasser nach. Die Maultiere brauchten sie nicht zu tränken und auch nicht in die Sonne zu stellen, denn das Wetter war sonnig, so dass Cäsar und Hannibal sich im Lauf mit Energie aufluden.

Am ersten breiten Fluss mussten die Reisenden haltmachen. Ann wollte das Zaubertuch zu einem Floß aufblasen, aber Tim meinte, die Tiere würden darauf ausgleiten, weil es kein Geländer habe, und ins Wasser fallen.

„Ich schlage vor, den Fluss reitend zu überqueren!“, sagte der Junge.

Die Kinder stellten die Stifte auf „Langsam“ und lenkten die Tiere beherzt ins Wasser. Und siehe, Cäsar und Hannibal schwammen, als hätten sie es seit eh und je getan! In ihren Bäuchen war genügend Hohlraum, und sie hielten sich prächtig auf dem Wasser. Ihre muskulösen Beine ruderten so schnell, dass sie in wenigen Augenblicken das andere Ufer erreichten.

„Hurra!“, frohlockte Tim. „Mit solchen Rappen können wir auch über ein Meer schwimmen!“

Eine große Gefahr erwartete die Kinder in der Steppe, in der es unzählige Wölfe gab. Zu einem Rudel zusammengerottet, versperrten sie den Reisenden den Weg. Ann und Tim wollten umkehren, aber da erblickten sie auch in ihrem Rücken viele Wölfe.

„Vorwärts! Galopp!“, kommandierte Tim. Die Maultiere stürmten wie im Sturm dahin. Mehrere Wölfe stürzten mit eingeschlagenen Köpfen und zerbrochenen Rippen zu Boden. Ein großer Wolf, anscheinend der Anführer des Rudels, wollte Tim aus dem Sattel reißen, aber der mutige Junge versetzte ihm mit seiner Keule einen solch wuchtigen Hieb, dass der Räuber zurückflog und sich rücklings überschlug. Eine Minute später waren die Reiter in Sicherheit.

Tim strahlte vor Freude.

„Hast du gesehen, wie ich's ihm gegeben hab!", rief er. „Mein Schlag hat ihn bestimmt erledigt!"

Da Ann daran zweifelte, schlug Tim vor, umzukehren und nachzusehen. Das Mädchen verspürte aber keine Lust auf ein Wiedersehen mit den Wölfen und beeilte sich, dem Jungen zuzustimmen. Tim spitzte die Lippen und begann einen Marsch zu pfeifen.

Erst jetzt wagte es Arto, seinen Kopf, den er beim Anblick der grimmigen Wölfe in den Sack eingezogen hatte, wieder zu zeigen. Das Hündchen war zwar mutig, hatte aber auch Verstand genug, sich nicht in einen ungleichen Kampf einzulassen. Ein Wolf hätte ihm ja mit Leichtigkeit das Rückgrat zerbrechen oder den Bauch aufreißen können!

Als jetzt, da die Gefahr vorbei war, Arto ein verächtliches Gebell anstimmte, sagte Ann neckend zu ihm:

„Großartig, du Maulheld!"

Die große Wüste

Mithilfe der Kompasse hielten unsere Reisenden den richtigen Kurs ein, obwohl sie auch ohne Kompass den Weg nicht verfehlt hätten. Ann hatte von ihrer Schwester so oft die Geschichte der Reise mit dem einbeinigen Seemann gehört, dass ihr jetzt schien, als sei sie selbst schon einmal hier gewesen, habe selbst den heißen Atem des Windes gespürt, der aus der Wüste blies, und die garstigen Köpfe der Echsen gesehen, die sich in den Dünen verbargen.

Da war auch schon der Wald, hinter dem die Große Wüste lag.

„Guten Tag, alter Freund!", rief Ann freudig. „Aus deinen Bäumen hat Onkel Charlie einst das Wüstenschiff gebaut, das noch jetzt irgendwo am Waldessaum steht. Aber wir wollen es nicht suchen, nicht wahr, Tim?"

„Wozu auch?", erwiderte der Junge. „Cäsar und Hannibal sind bestimmt besser als jedes Schiff, mag es ein Wüsten- oder Meeresschiff sein."

Tim und Ann bereiteten sich gründlich auf die riskante Wüstenreise vor. Sie beschlossen, schon in der Dämmerung aufzubrechen, solange es noch kühl war. Zunächst füllten sie ihre Flaschen an einer Quelle und tranken so viel Wasser, wie sie konnten. Dann begossen sie sich und das Hündchen von Kopf bis Fuß und setzten dunkle Netzbrillen auf, um ihre Augen gegen den Flugsand zu schützen. Arto, dem es bange wurde, kauerte sich tief in seinen Sack, was seine Herrin sehr vernünftig fand. Natürlich trank sich auch das Hündchen vor der Reise ausgiebig satt.

Die Stimmung der beiden Kinder war sehr ernst. Scherz und Mutwillen waren verflogen, und ihre Herzen schlugen laut. Die bisherigen Erlebnisse kamen ihnen jetzt unbedeutend vor im Vergleich zu dem, was ihrer harrte.

Groß und unheimlich lag die Wüste in ihrer feierlichen Stille da.

„Nun aber los!“, sagte Tim entschlossen. ‚Wenn es sein muss, werde ich mein Leben ohne Zaudern für Ann hingeben‘, dachte er bei sich.

„Du hast recht: ‚Wer auf der Stelle tritt, kommt nicht vom Fleck‘, wie der Weise Scheuch sagte“, erwiderte Ann, die von ihrer Schwester viele Aussprüche des Dreimalweisen Herrschers der Smaragdenstadt gehört hatte.

Die Kinder ritten im Trab. An Galopp war hier nicht zu denken, denn die Hufe der Maultiere würden tief im Sand versinken. Trotzdem konnte Ann, als sie sich eine halbe Stunde später umwandte, kaum noch den Saum des Waldes erkennen. Während die elektrisch geladenen Tiere Meile um Meile hinter sich brachten, dachte Ann nur an eins: Wie umgehen wir nur die schrecklichen schwarzen Steine Gingemas?

Sie wusste nämlich von ihrer Schwester, dass die böse Hexe lange vor ihrem Tod das Zauberland mit Steinen umgeben hatte, die eine geheimnisvolle Anziehungskraft besaßen. An einem solchen Stein

waren Elli und Charlie Black beinahe umgekommen, weil der Stein ihr Wüstenschiff festhielt und die Bewegungsfreiheit der Insassen auf hundert Schritt im Umkreis bannte. Zum Glück hatten die beiden damals die Krähe Kaggi-Karr ziehen lassen, die mit einer Weintraube im Schnabel zurückkehrte, welche den Zauber des Steins brach.

Die Zauberkraft der Steine konnte in den verflossenen Jahren zwar versiegt oder schwächer geworden sein, dennoch war es besser, nichts zu riskieren.

Ann befolgte den Rat ihrer Schwester, stoppte alle halbe Stunden den Lauf ihres Cäsar und hielt mit dem Fernrohr Ausschau. Als die Kleider der Kinder schon längst trocken waren (sie hatten unterdessen mindestens dreimal Wasser getrunken), erspähte Ann in der Ferne einen schwarzen Fleck.

„Der schwarze Stein Gingemas!", rief das Mädchen aufgeregt.

„Wo siehst du ihn?", fragte Tim.

Das Fernrohr ans Auge setzend, gewahrte auch er den Stein.

Ein Plan gegen die böse Zauberkraft Gingemas war schon zu Hause ausgearbeitet worden. Die Idee stammte von Elli: Wenn zwei Menschen einen Gegenstand, zum Beispiel einen Tisch, in entgegengesetzte Richtungen ziehen, bleibt er auf der Stelle stehen, hatte Elli gesagt. Wenn man sich in gleicher Entfernung zwischen zwei schwarzen Steinen bewege, würde der eine die Reisenden nach rechts, der andere nach links ziehen, und die Kräfte würden sich gegenseitig aufheben.

Nach dem Auftauchen des ersten Steins schwenkten Ann und Tim seitwärts ab und ritten langsam, bis sie den zweiten erblickten. Jetzt, dachten sie, sei es ein leichtes, den Weg zwischen die beiden Steine zu nehmen, und ließen die Zügel schießen. Die Maultiere sausten, Sandwolken aufwirbelnd, im gestreckten Galopp dahin.

Als sich die Reisenden zwischen den beiden Steinen befanden, fühlten sie sich nach links gezogen. Ob sie nun die Mitte falsch bestimmt hatten und dem linken Stein näher waren, oder ob die magische Kraft des letzteren größer war – das wussten Ann und Tim nicht. Sie fühlten nur, dass die Hexerei Gingemas sie aus den Satteln zerrte.

Anns Kräfte versagten, und sie fiel mit einem leisen Aufschrei aus dem Sattel. Zum Glück kam sie auf den Beinen zu stehen, aber die böse Kraft, die von dem Stein ausging, zog sie unwiderstehlich an.

Das Maultier Tims, das kräftiger war als Anns, hatte die Gefahrenzone fast überwunden, als der Junge den Aufschrei des Mädchens hörte und Cäsar mit leerem Sattel hinter sich hertraben sah.

Tim war fast schon in Sicherheit, aber angesichts der Gefahr, in der Ann schwebte, schwankte er keinen Augenblick: Er riss seinen Hannibal herum, erreichte im Nu das Mädchen und zog es mit kräftigem Ruck zu sich hinauf.

Später konnten sich die Kinder an die Einzelheiten dieser schrecklichen Minuten, die ihnen wie eine Ewigkeit vorkamen, nicht mehr erinnern. Sie entsannen sich nur, wie das Maultier unter der doppelten Last gekeucht und der Sand unter seinen Hufen gespritzt hatte.

Zoll um Zoll entrang sich Hannibal der unheimlichen Kraft, bis sie zu wirken aufhörte. Ein siegreiches Wiehern verkündete, dass der Bann gebrochen war, und frei stürmte das edle Tier dahin.

Bald war auch Cäsar eingefangen. Die völlig erschöpfte Ann blieb aber, von ihrem Gefährten gestützt, noch lange im Sattel Hannibals sitzen. Als sie zu sich kam, dankte sie, Tränen in den Augen, dem tapferen Jungen.

„Lass nur“, wehrte Tim ab, „nicht mir, sondern Hannibal hast du deine Rettung zu verdanken.“

Die schwarzen Steine Gingemas lagen jetzt weit hinter ihnen, und die Maultiere trabten schnell dahin. Tiere aus Fleisch und Blut wären längst ermattet, die mechanischen Rappen aber schienen genauso frisch wie zu Beginn der Reise.

In der Ferne tauchten die schneebedeckten Gipfel der Weltumspannenden Berge auf. Jetzt, da sie nicht mehr zu eilen brauchten, beschlossen die Reisenden, Rast zu machen. Von der überstandenen Gefahr noch ganz benommen, konnten Tim und Ann aber keinen Bissen herunterbringen, nur ihr Durst war schier unstillbar, und sie tranken sehr viel Wasser.

Durch die Berge

Die beiden Kinder wollten in das Tal mit den wunderbaren Weintrauben gelangen, in dem einst Elli und Charlie Black nach ihrer Wüstenreise ausgeruht hatten. Wegen der schwarzen Steine waren aber Tim und Ann vom Kurs abgekommen und erreichten die Berge an einer anderen Stelle. Allerdings sprudelte auch dort ein Bach, an dem Obstbäume standen, aber Reben waren da nicht zu sehen.

Kaum hatten Ann und Tim auf einer kleinen Wiese ein Lager aufgeschlagen, da begannen auch schon die Wunder. Den Anfang machte Arto. Als Ann ihn aus dem Sack nahm, gähnte er, holte tief Atem und sagte mit klarer Stimme:

„Uh, war das eine Qual in dem stickigen Loch! Endlich kann ich mir die Pfoten vertreten!"

Obwohl die Kinder längst wussten, dass im Zauberland auch die Tiere sprechen, blickten sie ihren vierbeinigen Gefährten voller Staunen an. Wie steigerte sich aber erst ihre Verwunderung, als das Hündchen um die Maultiere zu hüpfen begann und Anstalten machte, sie in die Beine zu beißen, und plötzlich Cäsar mit angenehmer Baritonstimme sagte:

„Nicht so übermütig, Freundchen, oder du bekommst meine Hufe zu spüren!"

Hannibal fügte in tiefem Bass hinzu:

„Würde ihm nur recht geschehen! Diese Hündchen sind unausstehlich."

„Wieso, Freunde, habt auch ihr das Sprechen erlernt?", rief Ann verdutzt.

„Warum denn nicht?", erwiderte Cäsar.

In der Tat: Warum sollten sich Maultiere im Zauberland nicht wie lebende Wesen verhalten und nicht sprechen, wo doch eine Vogelscheuche aus Stroh und ein Mann aus Eisen hier lebten und sprachen?!

Cäsar war anscheinend neugieriger als sein Gefährte, denn er fragte:

„Sag bitte, Ann, was bedeuten unsere Namen? Warum heißen wir eigentlich Cäsar und Hannibal und nicht anders?"

Ann und Tim wussten zunächst nichts zu antworten. Sie hatten ja erst die erste Klasse abgeschlossen, in der es noch keinen Geschichtsunterricht gab. Allerdings hatte Elli, als sie den Tieren die Namen gab, dem Schwesterchen ihre Bedeutung erklärt, und Ann hatte einiges behalten.

„Wie soll ich's euch erklären", sagte das Mädchen, die Brauen zusammenziehend. „Hannibal und Cäsar waren im Altertum berühmte Leute. Ich weiß nicht mehr, ob Präsidenten oder Generale, aber jedenfalls etwas in dieser Art ..."

Mit dieser Erklärung gaben sich die Tiere zufrieden und sagten, dass sie gern auf ihre Namen hören wollten.

Nach dem Abendbrot schliefen Ann, Tim und Arto sofort ein, während die Rappen unter einem Baum standen und ruhig auf den Sonnenaufgang warteten. In der Sonne würden sie sich wieder mit Energie aufladen, denn die Sonne ersetzte ihnen Speise und Trank.

Am Morgen nahm Tim aus seinem Sack die Hufeisen, die er mitführte, und schraubte sie Cäsar und Hannibal an die Füße. Im Sand hätten die Eisen den Lauf der Tiere nur gehemmt, auf den steinigen Bergpfaden aber waren sie unentbehrlich.

An diesem Morgen ging unseren Reisenden der Proviant aus. Es war erstaunlich, wie genau Elli den Vorrat berechnet hatte. Die Kinder pflückten Obst von den Bäumen und

stopften es in die Reisetaschen, füllten die Feldflaschen mit Wasser und zogen weiter.

Der Weg war jetzt sehr mühselig. Er führte über schwindelerregende Hänge, über schmale Felsvorsprünge, unter denen Abgründe gähnten, über Geröll, das schreckliche Lawinen entfesseln konnte, und über tiefe Schluchten.

Manchmal brauchte die kleine Schar Stunden, um nur hundert Fuß hinter sich zu bringen. Erst jetzt wurde es Ann und Tim bewusst, welch unschätzbare Dienste ihnen Cäsar und Hannibal leisteten. Natürlich waren die mechanischen Maultiere nicht mit den Steinböcken zu vergleichen, die über die Felsen fegten, aber auch sie vollbrachten wahre Wunder an Geschicklichkeit.

Unermüdlich, furchtlos und flink wie Katzen kletterten sie die steilen Hänge hinan, die Reiter ermahnend, sie sollen sich fest in den Satteln halten. Wenn es zu Tal ging, zogen sie die Hinterbeine an und rutschten fast auf den Bäuchen hinab, und beim Aufstieg nützten sie jeden Felsvorsprung, der etwas Halt bot.

Über Felsspalten setzten sie, die sehnigen Hinterbeine gestreckt, in schönem Sprung hinweg, während die Reiter die Hälse der edlen Tiere umklammerten, um nicht aus den Satteln zu fliegen.

Nach einiger Zeit tauchte eine breite Schlucht auf, die selbst das beste Pferd der Welt nicht hätte überspringen können. Aus dem Abgrund stiegen Nebel und das Rauschen eines Wildbachs auf.

An ein Umreiten des Hindernisses war nicht zu denken, denn rechts und links türmten sich mächtige Felsen, die selbst für Cäsar und Hannibal unüberwindlich waren.

Bestürzt blickten sich die Kinder an.

Um hier herauszukommen, hätten sie umkehren und einen Steg im Labyrinth der Berge suchen müssen.

Plötzlich hörten sie Flügelschläge über ihren Köpfen und sahen einen riesigen Schatten auf sich zukommen. Aufblickend gewahrten sie einen ungeheuren Adler. Ann stieß einen Schrei des Entsetzens aus und bedeckte das Gesicht mit den Händen, während Tim drohend seinen Knüppel schwang, obwohl ihm klar war, dass er mit dieser Waffe gegen den Vogel nichts ausrichten werde.

Der Adler (es war Karfax) ging vor den Reisenden nieder und sagte mit angenehmer Stimme: „Keine Angst, Kinder! Schwachen und Hilflosen tue ich nichts zuleide!"

Tim runzelte beleidigt die Brauen, während Ann die Hände vom Gesicht nahm und den Vogel anblickte. Karfax sah so edel und gutmütig aus, dass das Mädchen sofort Vertrauen zu ihm fasste.

„Ich sehe, Kinder, dass ihr aus der großen Welt kommt und ins Zauberland wollt“, fuhr der Adler fort. „Ihr habt einen weiten und gefährlichen Weg zurückgelegt, aber dieses Hindernis übersteigt eure Kräfte.“

„Ja, Herr Adler“, sagte Ann, „diesen Abgrund können unsere Maultiere nicht überspringen. Seid doch so gütig und tragt uns hinüber.“

„Das lässt sich machen“, sagte der Adler sanft. „Halt dich am Sattel fest, Mädchen.“

Während Ann sich an den Sattel klammerte, fasste Karfax mit seinen mächtigen Krallen behutsam Cäsar unter, und noch ehe das Mädchen erschrecken konnte, schwebte es schon über dem rauchenden Abgrund. Einen Augenblick später wurde Ann mit dem munter wiehernden Maultier auf der anderen Seite abgesetzt, und noch bevor sie den Kopf wenden konnte, standen auch Hannibal und Tim an ihrer Seite.

„Von hier ist der Weg nicht mehr gefährlich, und ihr werdet meiner Dienste wohl nicht bedürfen“, sagte der Adler und schwang sich in die Lüfte.

„Schönen Dank, lieber Freund!“, riefen die Kinder dem in einer Wolke entschwindenden Vogel nach. Wie war Karfax am Leben geblieben? Wir wissen doch, dass er Urfin verlassen und in die Heimat geflogen war, wo ihn der sichere Tod erwartete. Wie kam es, dass Arraches, der Anführer der Adlerschar, und seine Anhänger ihn nicht getötet hatten?

Das kam so:

Drei Tage vor der Rückkehr Karfax' war Arraches im Kampf mit dem Schlangenkönig gefallen, den er aus übermäßigem Ehrgeiz zum Streit herausgefordert hatte. Karfax wurde von den Adlern zum Anführer erwählt und fand bald eine neue Lebensgefährtin, mit der er nun glücklich lebte.

Hätten Tim und Ann gewusst, was sich erst kürzlich im Zauberland zugetragen hatte, hätten sie gewusst, dass dieser selbe Adler, ohne es zu wollen, dem bösen Urfin geholfen hatte, die Macht über die Springer zu erringen, sie hätten Karfax gewiss gebeten, das Übel, das er ungewollt so vielen Menschen zugefügt hatte, wieder gutzumachen!

Ann und Tim wussten aber das alles nicht. Karfax mied jetzt die Menschen besonders, nachdem der tückische Urfin ihn so bitter enttäuscht hatte. Ohne zu ahnen, welch mächtigen Bundesgenossen sie in Karfax hatten, blickten die Kinder lange auf die Wolke, die den Vogel verschlungen hatte.

Als Erster fasste sich Tim: „Das nenne ich ein Abenteuer!", rief er. „Dergleichen hat selbst Elli nicht erlebt!"

„Ja", sagte Ann, „sie hat nicht einmal gehört, dass es im Zauberland solche Adler gibt."

„Das nenne ich Glück", sagte der Junge. „Wer weiß, wie lange wir in den Bergen umhergeirrt wären, wenn nicht dieser Vogel uns geholfen hätte."

Der schwerste Teil der Reise war jetzt zu Ende. Am leichtesten hatte sie Arto überstanden, der in seinem Sack gekauert und nur die Schnauze herausgesteckt hatte. Wenn es brenzlig wurde, hatte er sie eingezogen und die Augen zugedrückt, denn er glaubte, eine Gefahr sei weniger schrecklich, wenn man sie nicht sehe.

Die Nacht überraschte die Wanderer auf einem Gletscher hoch in den Bergen. Das Zelt konnten sie da nicht aufschlagen, und die Kälte drang ihnen durch alle Kleider. Cäsar hatte einen guten Einfall. Auf seinen Rat hin falteten die Kinder das Zelt zu einem Rechteck zusammen und breiteten es auf dem Eis aus. Ann und Tim legten sich zwischen die Maultiere, deren Körper die Wärme ausstrahlten, die sie am Tag gespeichert hatten. Auf diese Weise verbrachten die Kinder und Arto, den sie in die Mitte genommen hatten, die Nacht ganz erträglich.

Am folgenden Tag wurde der Weg besser. Die Auf- und Abstiege waren jetzt weniger steil, an den Hängen zeigte sich Gras, und dann tauchten auch Sträucher und Bäume auf.

Die Weltumspannenden Berge lagen jetzt weit zurück. Ann sagte feierlich:

„Das ist das Land der Käuer!"

Seine Fuchsmajestät, König Nasefein XVI.

Ann hatte sich aber geirrt, als sie das sagte. Die Kinder waren in der großen Wüste von dem Weg abgekommen, den Elli und der einbeinige Seemann einst gegangen waren, und hatten die Weltumspannenden Berge an einer anderen Stelle überquert. Das Land der Käuer lag jetzt rechts von ihnen.

Die beiden Kinder sahen, dass der Steg, der durch den Wald führte, nicht von Menschenfüßen, sondern von den Füßen wilder Tiere herrührte.

Der Steg wurde breiter, doch kein Mensch war weit und breit zu sehen. Nur die geschwätzigen Elstern auf den Bäumen unterhielten sich laut über die Kleider und das Aussehen der Wanderer.

Nach zwei strapazenreichen Tagen fühlten sich Ann und Tim völlig erschöpft. Da das Wetter schön war, schlugen sie nicht das Zelt auf, sondern legten sich unter einen Strauch ins weiche Gras. Tim schlief augenblicklich ein. Auch Ann fielen die Augen zu, als plötzlich ein vielstimmiges Geheul und zwischendurch ein Schmerzensschrei: „Helft mir! Ach, helft mir doch! Ich sterbe …“, an ihr Ohr drang.

Ann versuchte, Tim zu wecken, doch da ihr das nicht gelang, beschloss sie, allein nachzusehen, was los war. Als sie aus den Büschen trat, bot sich ihr folgender Anblick: Mitten in einer Lichtung lag, eine Pfote in einem Fangeisen eingeklemmt, ein großer brauner Fuchs und wimmerte. Um ihn standen mehrere kleine Füchse, die aus Mitleid mit ihm gleichfalls wimmerten und heulten.

Beim Auftauchen Anns verstummte das Konzert, und die Füchse verkrochen sich im Dickicht. Nur der Gefangene schaute das Mädchen aus flehenden Augen an.

Ann verspürte Mitleid mit dem unglücklichen Fuchs, trat näher und fragte ihn sanft: „Wie bist du in diese Falle geraten, du Ärmster?“

Noch bevor das braune Tier etwas erwidern konnte, sprang aus den Büschen eine Silberfüchsin und rief:

„Wie wagst du es, Mädchen, so unhöflich mit dem Herrscher dieses

Landes zu sprechen? Weißt du, wen du vor dir hast? Seine Fuchsmajestät Nasefein XVI., den König des Fuchslandes."

„Oh, bitte um Verzeihung, Eure Fuchsmajestät!", wandte sich Ann an den König. „Ich komme aus einem fernen Land und wusste nicht, dass Ihr ein so hohes Amt bekleidet."

König Nasefein XVI. nickte gnädig und erzählte, wie er in diese schlimme Lage geraten war. Er war einem Hasen nachgejagt und hatte die Falle nicht gesehen, die ein Jäger aus dem Nachbarland der Käuer vor langer Zeit hier aufgestellt hatte. Das Fangeisen hatte ihm die Pfote eingeklemmt.

Das geschah vor einer Woche, und in dieser Zeit hatte sich kein Mensch auf der Wiese gezeigt. Hätten Ihre Fuchsmajestät, die Königin Schnellfuß, mit ihren Höflingen und Hofdamen ihn nicht gefunden, er wäre vor Hunger und Durst gestorben. Nasefein sagte, er habe schon

ernsthaft nachgedacht, ob er sich nicht die Pfote abbeißen solle, um die Freiheit wiederzuerlangen. Aber dann hätte er seinen Thron verloren, denn nach den Gesetzen des Landes durfte ein Krüppel nicht König sein. Das Mädchen aus dem fernen Land sei gerade noch rechtzeitig gekommen: Wenn sie ihn befreie, werde sie ihm mehr als das Leben retten – sie werde ihm die königliche Macht erhalten.

Ann wollte dem König helfen, aber ihre Kräfte reichten nicht, das Fangeisen wegzudrücken, das die Pfote festhielt. Da entschied sie, Tim herbeizuholen, doch als sie einen Schritt in Richtung der Büsche tat, begannen die Füchse so jämmerlich zu heulen, dass sie stehen blieb.

‚Warum bin ich nur so unbeholfen', dachte das Mädchen missmutig. ‚Elli hätte an meiner Stelle bestimmt einen Ausweg gefunden.' Da erblickte sie einen starken Ast, den ein Sturm vom Baum gerissen hatte.

„Oh, das brauche ich gerade!", rief sie freudig.

Sie steckte das Astende zwischen die Zähne des Fangeisens und stemmte sich mit aller Kraft dagegen. Durch die Hebelwirkung öffnete sich das Eisen, und der Fuchs zog die Pfote heraus. Als die umstehenden Füchse das sahen, brachen sie in ein Lobgeheul auf die Befreierin ihres Königs aus.

Nasefeins Pfote war geschwollen und blutete. Hilfe tat not. Mit großer Anstrengung hob Ann den Fuchs auf und trug ihn zu der Stelle, wo Tim schlief. Die anderen Füchse folgten ihr ehrerbietig.

Beim Anblick des Rudels erhob Arto ein ohrenbetäubendes Gebell, worüber Tim erwachte. Er war sehr verwundert, Ann in solch ungewöhnlicher Gesellschaft zu sehen. Als sie ihm erzählte, was vorgefallen war, billigte er ihre Tat und lobte sie.

Ann nahm die Reiseapotheke aus dem Rucksack, strich Jod auf die Wunde und legte einen Verband an. Dem König wurde es sofort besser, doch gehen konnte er nicht.

„Wohin befehlen Eure Fuchsmajestät, Euch zu tragen?", fragte das Mädchen. – „Nach Fuchsstadt – in meinen Palast", erwiderte der König mit schwacher Stimme.

Als Ann und Tim den Fuchs auf Cäsars Rücken setzten, streckte Arto den Kopf aus dem Sack und begann wütend zu bellen. Ein Nasenstüber Tims belehrte ihn jedoch, dass man seine Gefühle nicht immer so laut hinausschreien dürfe. Der Hund zog den Kopf wieder ein und knurrte nur leise:

„Warum machen sie nur so viel Aufheben von diesem Knallprotz? König hin, König her – ein anständiger Hund hat die Pflicht, so einen zu jagen und zu hetzen …"

Die Maultiere setzten sich in Trab, das Gefolge lief hinterher. Die Königin hatte der beflissene Tim neben sich auf Hannibals Rücken gesetzt. Nasefein XVI. wies den Weg durch den dichten Wald.

„Wie viele Untertanen besitzen Eure Fuchsmajestät?", fragte Ann den König.

„Oh, viele Tausende. Allerdings wurden sie das letzte Mal vor fünf Jahren gezählt, und jetzt weiß ich nicht mehr genau, wie viele es sind."

„Und wo nehmt Ihr das Essen für sie her?", fragte Ann. „Ihr braucht wahrscheinlich sehr viele Hasen und Kaninchen, um eine solche Menge Esser satt zu machen!"

„Dafür hat die Natur gesorgt", sagte der König. „Wir pflanzen Bäume, deren Früchte so groß sind wie ausgewachsene Kaninchen und deren Fleisch ebenso schmackhaft ist wie das der Kaninchen. Wir nennen sie Kaninchenbäume."

‚Wie viele Wunder gibt es doch im Zauberland!', dachte Ann. ‚Selbst Elli hat von den riesigen Adlern, dem Königreich der Füchse und den Kaninchenbäumen nichts gehört, obwohl sie doch dreimal hier war.'

„Warum seid Ihr denn auf die Jagd gegangen, wo in Eurem Land doch so herrliche Bäume wachsen?", wollte das Mädchen wissen.

„Ihre Früchte sind schmackhaft", erwiderte Nasefein, „aber wir überlassen sie dem einfachen Volk. Soll ich etwa dasselbe essen, was der Ackerbauer und Tagelöhner isst? Pfui!" Der König verzog angewidert das Gesicht. „Und die Lust, einen Hasen zu zerfleischen!" Nasefeins Augen glänzten gierig. „Bei uns darf nur die königliche Familie jagen. Den einfachen Leuten ist die Jagd unter Todesstrafe verboten."

Jetzt bereute Ann fast, dass sie den König aus dem Fangeisen befreit hatte. ‚Aber', dachte sie, ‚wenn er umgekommen wäre, hätte sein Nachfolger die Regierung des Landes übernommen, und im Königreich der Füchse hätte sich nichts geändert.'

Eine Frage des Königs lenkte Ann von ihren Gedanken ab:

„Was sind das für Tiere, auf denen wir reiten? Ich war in vielen Teilen unseres Landes, aber solche Tiere habe ich nirgends gesehen."

„Die gibt es sogar auf der anderen Seite der Berge nicht", sagte Ann. Sie versuchte, dem König zu erklären, wie die mechanischen Maultiere funktionierten, aber da sie es selbst nicht genau wusste, blieben ihre Erklärungen unverstanden. Der König begriff nur eins: dass die sogenannten Maultiere sich von Sonnenstrahlen ernähren. Und das wunderte ihn nicht sehr.

‚Ein jeder isst, was er kann', dachte er bei sich. ‚Unser gemeines Volk isst die Früchte des Kaninchenbaums, unsere Adligen ernähren sich von Kaninchen und Hasen, die mechanischen Maultiere – von Sonnenstrahlen. Aber Hasenfleisch schmeckt doch am besten!'

Ein kostbarer Talisman

Das Land der Füchse war sehr groß, und die Maultiere brauchten gute zwei Stunden, bis sie die Hauptstadt erreichten.

Fuchsstadt bestand aus zahllosen Hügeln, die eine breite Straße säumten. Es war leicht zu erkennen, dass es künstliche Baue waren, doch wer sie geschaffen hatte – ob Füchse in alten Zeiten oder sonst jemand –, das konnte selbst König Nasefein nicht sagen.

In jedem Hügel waren viele Öffnungen zu sehen. Sie bildeten die Eingänge zu den Fuchsbauen. Davor tummelten sich braune und silbergraue kleine Füchse.

König Nasefein erklärte:

„Unser Volk besteht aus zwei Stämmen, einem mit braunem und einem mit silbergrauem Pelz. In alten Zeiten lebten diese Stämme getrennt und befehdeten sich. Aber vor hundert Jahren schlossen sie sich zusammen und siedelten in diese Gegend über, wo sie die Hügel vorfanden, die für Baue wie geschaffen waren. Von jener Zeit rührt der Brauch her, dass ein König aus dem braunen Stamm seine Gattin unbedingt aus dem Stamm der Silberfüchse nimmt. Und umgekehrt: Wenn der König ein Silberfuchs ist, muss die Königin eine braune Füchsin sein."

Die Kinder hörten nur zerstreut zu, denn ihre Aufmerksamkeit galt dem Treiben in Fuchsstadt, wo es wirklich viel Merkwürdiges gab.

Hinter den Hügeln zogen sich Plantagen mit den Bäumen hin, von denen Nasefein erzählt hatte. An den Zweigen hingen große längliche Früchte mit dicker Schale. Da und dort löste sich eine reife Frucht und fiel zu Boden. Beim Aufschlag platzte die Schale, und das appetitliche rosa Fleisch kam zum Vorschein.

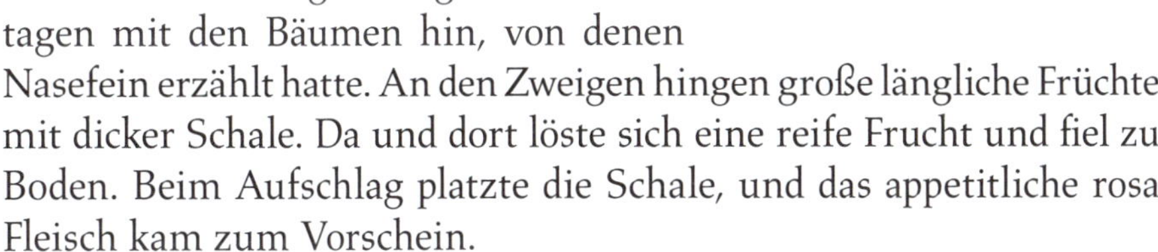

Den abgefallenen Früchten näherten sich auf den Hinterbeinen Füchse, die sie mit den Vorderpfoten aufhoben und in Vorratslager trugen.

Alle Plantagenarbeiter gingen auf den Hinterbeinen. Die einen lockerten mit spitzen Stöcken den Boden zwischen den Bäumen auf, andere trugen in großen Nussschalen Wasser zum Gießen, dritte klaubten schädliche Insekten und Larven aus den Ritzen der Rinde heraus. Auf allen vieren liefen nur die jungen Füchse, die Handlangerdienste versahen.

Unseren Reisenden fiel eine seltsame Prozession auf. Vier Füchse trugen eine mit Seide ausgeschlagene schmucke Sänfte, in der eine Silberfüchsin saß. Die Füchsin und der König tauschten Verbeugungen aus.

„Das ist meine Tante, Prinzessin Spitzohr. Sie macht gerade ihre Besuchsrunde", sagte der König zu Tim.

Ann fragte:

„Fertigen Eure Handwerker so schöne Dinge an?"

„Leider nicht", erwiderte Nasefein. „Unsere Ahnen haben solche Luxusgegenstände für Früchte der Kaninchenbäume bei den Menschen erworben."

„Treibt Ihr auch heute Handel?"

„O nein", erwiderte der König unwillig mit einer verneinenden Bewegung seiner gesunden Vorderpfote. „Fragt nicht, warum der Handel aufgehört hat, ich werde es Euch ein andermal sagen."

Ann schwieg betroffen.

Auf der Straße schob eine braune Füchsin einen Kinderwagen mit drei Jungen vor sich her, die sich übermütig balgten und nicht auf die Amme hörten, die ihnen ruhig zu liegen befahl und sie mit Klapsen traktierte.

Der Palast König Nasefeins XVI. sah genauso aus wie die anderen Fuchsbaue, nur war der Eingang so hoch, dass Tim und Ann sich beim Eintreten nicht zu bücken brauchten.

Staunend gewahrten die Kinder, dass der Innenraum hell erleuchtet war. Das Licht strahlten Kugeln aus, die an der Decke hingen. Aus den Berichten ihrer Schwester wusste Ann, dass die Leuchten im unterirdischen Land mit dem Saft von Sechsfüßerfellen aus dem Reich der Erzgräber getränkt waren. Anscheinend hatten die Füchse auch diese Lampen bei den Menschen erworben. Den König danach zu fragen, wagte das Mädchen jedoch nicht, nachdem sie den Unmut Nasefeins bei ihrer letzten Frage bemerkt hatte.

An der Rückwand der Höhle standen zwei Throne, von denen einer etwas höher war als der andere. Würdevoll nahmen der König und die Königin auf den Thronen Platz, während die Höflinge sich auf den Hinterbeinen an den Wänden reihten.

‚Genau wie bei den Menschen', dachte Ann.

König Nasefein hielt eine Rede. Er erzählte kurz von dem Unglück, das ihn heimgesucht hatte, und sprach Ann seinen tiefen Dank für die Rettung aus.

„Ihr sollt nicht meinen, dass ich Euch meine Erkenntlichkeit lediglich in Worten bezeigen will", fuhr er, zu Ann gewandt, fort. „Ich will Euch etwas schenken, das Euch in unserem Land von großem Nutzen sein wird." Dann rief er in den Saal hinein: „Minister Langschwanz!"

Ein Silberfuchs mit einem herrlichen flauschigen Schwanz trat bedächtig auf den Thron zu. Der Minister schien auf diesen Schwanz sehr stolz zu sein, denn er war sorgfältig gekämmt und gebürstet und roch nach Parfüm.

„Was befehlen Eure Fuchsmajestät?", fragte der Würdenträger.

„Geh in unsere königliche Schatzkammer und hole den Silberreif!", befahl der König.

Diese Worte schlugen wie ein Blitz unter die Höflinge ein. Die einen stöhnten, während andere flehend die Pfoten erhoben. Der Reif, von dem der König sprach, musste sehr kostbar sein. Doch niemand wagte zu widersprechen, denn seine Majestät Nasefein XVI. verstand keinen Spaß. Nach wenigen Minuten kehrte Langschwanz mit einem breiten rubinbesetzten Silberreif zurück, der ungewöhnlich schön war. Ann erschauerte bei dem Gedanken, dass er ihr zugedacht sein konnte. Da sie sehr bescheiden war, meinte sie, es gezieme sich nicht, ein teures Geschenk für eine gute Tat anzunehmen, und sei es auch für die Rettung eines Lebens.

Sie sagte:

„Eure Fuchsmajestät überschätzen meine Verdienste um Eure Rettung."

„Wieso?", wunderte sich der König. „Habt Ihr mir nicht den Thron erhalten?"

„Den hättet Ihr auch ohne meine Hilfe bewahren können."

„Auf welche Weise?"

„Ihr hättet einen Boten in das Land der Käuer schicken können, dann wären Menschen gekommen und hätten Euch geholfen, wie es Eurer königlichen Würde gebührt."

Der König lachte bitter.

„Unterschätzt nicht unseren Verstand, Mädchen! Wir haben drei Boten nacheinander zu den Käuern geschickt, und alle sind für ihren Monarchen gefallen!"

„Gefallen, warum?"

„Auf dem einzigen Weg, der von uns in das Land der Käuer führt, hat sich ein wilder, ewig hungriger Säbelzahntiger niedergelassen, der jeden Fuchs, der ihm in die Pranken fällt, zerreißt und auffrisst. Aus diesem Grund hat auch der Handel zwischen uns und den Menschen vor acht Jahren aufgehört."

Ann fragte betroffen:

„Ein Säbelzahntiger, sagt Ihr? Hat denn der Weise Scheuch den Holzköpfen nicht befohlen, alle diese Tiger auszurotten?"

Jetzt war es Nasefein, der staunte. Er erhob sich von seinem Thron und sagte feierlich:

„Ihr kennt den Scheuch, die Holzköpfe und die Säbelzahntiger? Und Ihr kommt von der anderen Seite der Berge? Dann will ich Euch sagen, wer Ihr seid! Ihr seid Durchlaucht Elli, die Fee des Tötenden Häuschens. Wir heißen Euch willkommen in Fuchsstadt, liebe Fee!"

Nach diesen Worten setzte er das verwirrte Mädchen auf den Thron und verbeugte sich tief. Das Gleiche taten die Königin und alle Höflinge. Nur Tim stand aufrecht und verstand nicht, warum man seiner Freundin solche Ehren bezeigte. Arto, den er auf dem Arm hielt, begann beim Anblick der vielen katzbuckelnden Füchse zu knurren.

Ann aber stieg vom Thron hinab und sagte:

„Eure Fuchsmajestät irren. Nehmt wieder den Platz ein, der Euch zu Recht gebührt, und hört mich an. Elli ist meine ältere Schwester. Sie war wirklich mehrmals im Zauberland und hat hier viel Rühmliches vollbracht. Ich aber heiße Ann Smith, bin kaum zwei Tage in diesem wunderbaren Land und habe nichts getan, was des Lobes wert wäre."

Der König entgegnete:

„Eure Verdienste sind sehr groß. Ihr habt das Land vor einem Dynastiewechsel bewahrt, vielleicht sogar vor einem Bürgerkrieg. Euch gebührt dieser silberne Reif, dessen Zauberkraft ich Euch sogleich vorführen will."

König Nasefein stieg wieder auf den Thron, setzte den Reif auf und berührte mit der Pfote den größten Rubin des Geschmeides. Im nächsten Augenblick verschwand er mitsamt dem massiven Thron. Ann und Tim standen mit weit aufgerissenen Augen da, während Arto laut zu bellen anfing, worüber die Füchse nicht wenig erschraken.

Eine Minute später tauchte der Thron mit dem König wieder auf. Beim Anblick der vor Staunen erstarrten Ann brach Nasefein in ein schallendes Gelächter aus.

„Wie Ihr seht, Durchlaucht, macht dieser Reif seinen Träger unsichtbar, wenn er diesen Rubin da" – der König wies auf den größten Stein – „berührt. Dabei werden auch alle Dinge, mit denen der Träger des Reifs in Berührung ist, unsichtbar. Außerdem passt der Reif auf jeden Kopf, denn er dehnt sich nach der Größe des Kopfes aus oder zieht sich zusammen."

Ann zauderte, das kostbare Geschenk anzunehmen, aber der König drückte ihr den Reif fast gewaltsam in die Hand und schien die heißen Dankesworte des Mädchens gar nicht zu hören.

„Ihr könnt ihn ruhig annehmen", sagte er zu Ann, „ich brauche ihn nicht. Wenn ich mich allzu oft unsichtbar mache, werden meine Untertanen bald vergessen, wie ich aussehe, was einem König bestimmt nicht nützen kann, ha, ha, ha!"

Ann setzte schüchtern den Reif auf, der genau auf ihren Kopf passte, als hätte ihn ein geschickter Goldschmied angefertigt.

„Er steht dir großartig, Ann!", rief Tim strahlend. „Einfach wunderbar! Und jetzt verschwinde mal!"

Das Mädchen berührte den großen Rubin, wie der Fuchskönig es getan hatte, und war im Nu verschwunden. Tim staunte nicht wenig, als der Platz, wo sie gestanden hatte, völlig durchsichtig wurde.

Arto aber bat:

„Lass diese Späße, Ann, darüber muss ja jeder anständige Hund erschrecken!“

Von dem Platz, wo Ann gestanden hatte, erklang ein lautes Lachen, dem die Worte folgten:

„He, Tim, fang mich mal!“

Tim lief auf die Stimme zu, aber kaum hatte er Anns Arm berührt, entschlüpfte sie ihm auch schon, und ihre Stimme erklang aus einer anderen Ecke der Höhle. Nach mehreren vergeblichen Versuchen sagte der Junge ärgerlich: „Jetzt hab ich's aber satt! Das ist hundertmal schlimmer als Blindekuh spielen.“

Da tauchte Ann wieder auf.

König Nasefein sagte:

„Ich finde es nur gerecht, dass der Silberreif Eurer Durchlaucht gehören soll. Ihr seid die Schwester Ellis, der Fee, die Bastinda getötet hat, der dieser Zaubertalisman einmal gehört hat. Die böse Hexe hatte mich aus dem Mutterbau genommen, als ich noch ein kleines Füchslein war, und mich als Geschenk für ihre Schwester in den Violetten Palast bringen lassen. Im Land der Zwinkerer gibt es keine Füchse, und alle starrten mich dort wie ein Wunder an. Bastinda hielt mich mehrere Jahre gefangen. Elli hat Euch gewiss erzählt, wie schwer es war, aus dem Palast der bösen Hexe zu fliehen. Mir aber ist es gelungen!", sagte Nasefein stolz. „Ich hatte herausbekommen, wie die Hexe den Reif benutzte, stahl ihn aus ihrer Schatzkammer und machte mich davon. Dieser Talisman hat mich auf dem Heimweg vor vielen Gefahren bewahrt. Er hat mir auch geholfen, die Macht im Reich der Füchse zu erringen. Aber jetzt trenne ich mich ohne Bedauern von ihm, weil ..." – bei diesen Worten trat er ganz nahe an Ann heran und flüsterte ihr ins Ohr – „ich fürchte nämlich, dass der Silberfuchs Prinz Krummbein mir den Reif entwendet. Er hat es auf meinen Thron abgesehen ..."

Als Ann dieses Geständnis hörte, sagte sie sich, es sei wohl eine gute Tat, Nasefein von dem Talisman zu befreien. Mit reinem Gewissen werde sie Fuchsstadt verlassen, um sich mit ihren Gefährten in das Land der Käuer und von dort in die Smaragdenstadt zu begeben.

Vor dem Abschied gab König Nasefein XVI. zu Ehren Anns, Tims und Artos ein Festessen. Die Kaninchenbaumfrüchte, mit denen man sie bewirtete, schmeckten ausgezeichnet. Mehrere davon bekamen sie mit auf den Weg. Zum Dank schenkte Ann dem König ihren blauen Umhang. Nasefein war sehr stolz, als er ihn anzog, und sagte, von jetzt an solle dieser Umhang im Land der Füchse als Königsgewand dienen.

Im Land der Käuer

Abgesandte des Königs Nasefein geleiteten Tim und Ann bis an die Grenze des Landes, wo der Steg begann, der in das Land der Käuer führte. Sie beschrieben den Kindern auch genau die Stelle, wo der letzte Säbelzahntiger auf der Lauer lag.

Der Steg war gewunden und stellenweise von Gras überwuchert, so dass die Kinder ihre Maultiere zügeln mussten. Cäsar und Hannibal schnaubten unwillig, denn während der Rast in Fuchsstadt hatten sie sich mit Energie vollgeladen, die sie jetzt so schnell wie möglich loswerden wollten.

Als die Wanderer an einer Wegkrümmung das gestreifte Fell des Tigers erblickten, ließen sie die Zügel locker.

Das Raubtier, das die Hufschläge schon aus der Ferne vernommen hatte, war aus den Büschen getreten und hatte sich zum Sprung geduckt, aber in diesem Augenblick schalteten Tim und Ann auf Höchstgeschwindigkeit, und die Maultiere sausten wie der Wind an dem Tiger vorbei.

„Ich werde wohl alt und schwerfällig", brummte der Säbelzahntiger, „da ich nicht einmal unterscheiden konnte, was so schnell an mir vorbeigesaust ist. Jedenfalls waren es keine Füchse."

Ann und Tim ritten mehrere Stunden, bis sich vor ihnen das herrliche Blaue Land auftat, das das Mädchen aus den Geschichten seiner Schwester so gut kannte.

Ein seltsames Gefühl bemächtigte sich Anns: Ihr war, als habe sie diese wunderbare Landschaft mit dem smaragdgrünen Gras, diese Bäume mit den ungewöhnlichen Früchten und diese rauschenden Bäche mit den unzähligen Gold- und Silberfischlein schon einmal gesehen.

Hinter den Bäumen traten liebliche Menschlein mit breitkrempigen, mit Silberschellen behangenen Hüten hervor.

Sie hatten blaue Mäntel und enge Hosen an und bewegten ununterbrochen die Kiefer. Am Rand der Lichtung blieben sie stehen und betrachteten ängstlich den Jungen und das Mädchen auf den hohen Maultieren.

„Guten Tag, liebe Käuer!", sagte das Mädchen, das vom Maultier stieg und mehrere Schritte zu den Menschlein hin machte, während Tim misstrauisch im Sattel blieb.

„Guten Tag, mächtige Fee", erwiderte ein beherzter Käuer und verbeugte sich vor den Ankömmlingen. Seinem Beispiel folgten die anderen, wobei die Schellen auf ihren Hüten gar lieblich läuteten.

„Warum meint ihr, dass ich eine Fee bin?", fragte Ann lächelnd.

„Weil nur eine Fee einen solch schönen Silberreif auf dem Haupt trägt. Auch siehst du der Fee des Tötenden Häuschens sehr ähnlich, die uns von der bösen Gingema befreit und den tückischen Urfin Juice mit seinen Holzsoldaten besiegt hat."

Bei diesen Worten fingen die Käuer zu schluchzen an, und damit das Gebimmel der Schellen sie dabei nicht störe, nahmen sie die Hüte ab und legten sie auf die Erde.

„Warum weint ihr denn, liebe Freunde?", fragte Ann verwundert.

„Wir weinen, weil der böse Urfin das Zauberland erneut unterjocht und den Weisen Scheuch gefangen genommen hat", erwiderte ein Käuer.

Ann und Tim traten vor Staunen die Augen fast aus den Höhlen.

„Aber wie konnte das geschehen?", fragte das Mädchen.

„Ich will es euch erzählen", sagte eine kleine alte Frau, die aus der Menge hervortrat. Sie trug ein weißes, mit funkelnden Sternchen besetztes Gewand.

„Guten Tag, Frau Willina!", sagte das Mädchen „Ihr kommt wohl aus dem Gelben Land?"

„Ja, mein Kind“, erwiderte die Frau und umarmte Ann. „Seit mehreren Tagen verfolge ich deine Abenteuer und freue mich sehr, dass du die Zeit nicht vertrödelst.“

Bei diesen Worten berührte Willina den Zauberreif des Mädchens.

„Das ist ein Geschenk des Königs der Füchse“, sagte das Mädchen schüchtern.

„Ich weiß, meine Liebe, und gratuliere dir dazu. Dieser Talisman wird dir und deinem Freund im Kampf mit Urfin Juice helfen.“

„Werden auch wir mit dem grausamen Urfin kämpfen müssen?“, fragte Ann erschrocken.

„Ja, das werdet ihr, mein Kind“, erwiderte die Zauberin. „Deine Schwester Elli und ihre Freunde sind zu milde mit diesem tückischen Mann verfahren, und jetzt hat er wieder die Macht erobert, ein Heer der Springer auf die Beine gebracht und den Scheuch und den Eisernen Holzfäller gefangen genommen.“

„Auch den Holzfäller?“

„Ja, auch ihn hat Urfin überrumpelt. Von den drei wackeren Freunden Ellis lebt nur noch der tapfere Löwe frei in seinem fernen Wald. Siehst du, mein liebes Mädchen, ich darf mein Land nicht für lange Zeit verlassen und kann dir nur mit einem Rat behilflich sein, aber ich werde alles tun, was in meinen Kräften steht.“

„Ich danke Euch, liebe Frau“, sagte Ann. „Hat das Schicksal mich und Tim hergeführt, um den Scheuch und den Eisernen Holzfäller zu retten, so werden wir unsere Pflicht tun.“

„Ich denke genau wie Ann“, sagte Tim.

„Ich will mein Zauberbuch um Rat fragen“, sagte Willina und zog aus den Falten ihres Gewandes ein winziges Büchlein hervor.

Sie legte es auf einen Stein, blies darauf und sprach ein paar Zauberworte, worauf es sich in ein dickes Buch verwandelte. Willina blätterte darin, bis sie das Wort „Gefangene“ fand, erhob die Augen und sprach die Beschwörung:

„Bambara-tschufara, skoriki-moriki, turabo-furabo, loriki-joriki …“

Mit geschlossenen Augen wiederholten die schreckensbleichen Käuer: „Bambara-tschufara, loriki-joriki."

Auf einem leeren Blatt des Buches traten Worte hervor, die Willina feierlich verlas: „Das Mädchen Ann und ihr Gefährte, die rittlings auf wunderbaren Tieren, die von Sonnenstrahlen gespeist werden, in unser Land gekommen sind, mögen auf dem Gelben Backsteinweg in die Zauberstadt ziehen ..."

„Seltsam", sagte die Zauberin, „vor zehn Jahren hat dieses Buch deine Schwester Elli auf diesen Weg geschickt, und siehe, jetzt ist die Reihe an dir ... Aber lasst uns weiterlesen."

„Im ehemaligen Palast Goodwins sollen Ann und ihr Freund den Zauberkasten des Scheuchs, dessen sich Urfin bemächtigt hat, an sich nehmen. Dabei wird ihnen der Silberreif helfen. Der Zauberkasten wird das Übrige tun ..."

„Hm, das Ende ist nicht klar. Aber das Buch will wohl nicht mehr aussagen", meinte die Zauberin. „Das Weitere wird sich wohl an Ort und Stelle zeigen. Nun denn, macht euch auf den Weg, meine lieben Kinder, ich wünsche euch Erfolg, lebt wohl ...!"

Das Buch schrumpfte wieder zusammen und verschwand in den Falten des Gewandes. Eine Sekunde später war auch die Zauberin verschwunden. Wo sie gestanden hatte, erhob sich ein Wirbel, der über die Wiese fegte und sich in der Ferne verlor.

Verblüfft betrachteten die Käuer die Stelle, wo eben noch Willina gestanden hatte. Da kam Ann ein kecker Gedanke: Sie wollte diesen scheuen Menschlein zeigen, dass auch sie Wunder tun könne wie die Zauberin aus dem Gelben Land. Sie berührte den großen Rubin auf dem Reif und war im nächsten Augenblick verschwunden.

Zwei solche Kunststücke hintereinander – das war mehr, als die ängstlichen Käuer vertragen konnten. Mit Schreien des Entsetzens stoben sie auseinander und verbargen sich in den Büschen. Ann, die nach wenigen Sekunden wieder auftauchte, und Tim, der ihren Scherz missbilligte, mussten den Käuern lange zureden, bis sie sich ein Herz fassten und aus den Büschen hervortraten.

Als sie erfuhren, dass es der Silberreif war, der den Zauber bewirkt hatte, waren sie überzeugt, dass Ann eine noch mächtigere Fee sei als ihre Schwester.

Sie baten das Mädchen inständig, den grausamen Urfin und die Springer zu vertreiben und den guten Scheuch wieder als Herrscher einzusetzen. Dann schafften sie eine Menge Proviant für die Kinder herbei. Zum Dank gab Ann ihnen Früchte des Kaninchenbaums. Die kleinen Menschlein freuten sich sehr über das Geschenk und sagten:

„Wir haben diese herrlichen Früchte seit dem Tag nicht mehr gegessen, da der blutrünstige Tiger uns den Weg in das Königreich der Füchse versperrt hat."

„Warum tötet ihr ihn denn nicht?", fragte Tim.

Über diese Frage waren die Käuer so verwundert, dass die Schellen an ihren Hüten von selbst zu bimmeln anfingen.

„Wie sollen wir ihn töten, wo wir doch so klein und schwach sind?", riefen sie.

Tim lächelte nachsichtig.

„Ich habe leider keine Zeit, euch zu zeigen, wie man das macht. Aber ihr werdet es wohl auch ohne mich schaffen, wenn ich es euch erkläre. Grabt dreihundert Fuß von der Höhle des Raubtiers entfernt eine tiefe Grube aus, bedeckt sie mit Zweigen und Laub und bindet davor an einen Pflock zwei Lämmer an. Diese werden durch ihr Blöken den Tiger anlocken, der herbeieilen und sich auf sie stürzen wird. Dabei wird er in die Grube fallen, und dort wird er verenden."

Über diese Worte gerieten die Käuer in Entzücken. Sie hüpften und tanzten so lange, bis sie erschöpft umfielen.

Wenige Tage später taten die Einwohner des Blauen Landes, wie Tim ihnen geraten hatte, und wie erwartet, fand der Tiger in der Grube seinen Tod.

Die Käuer schlugen neben der Grube einen Pflock in die Erde, an den sie ein Täfelchen mit der Aufschrift anbrachten.

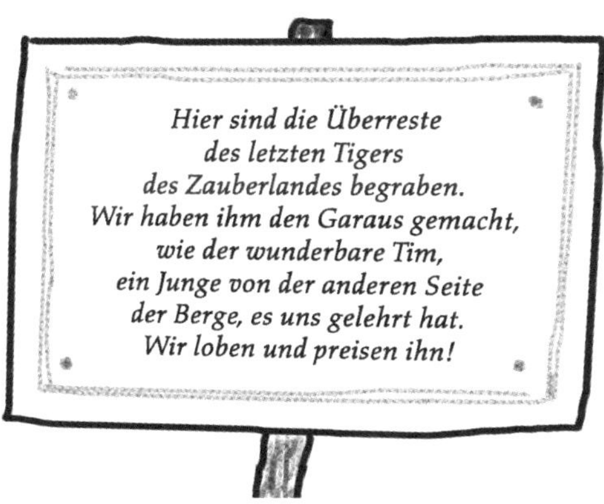

Auf dem Weg in die Smaragdenstadt, sagten die Käuer, würden die Kinder durch ein großes Dorf der unterirdischen Erzgräber kommen. Es seien zwar viele Jahre vergangen, seitdem die Erzgräber ihre Höhle verlassen und sich in der oberen Welt angesiedelt hatten, aber aus Gewohnheit nenne man sie bis auf den heutigen Tag die Unterirdischen.

„Werden sie uns nichts Böses antun?", fragte Arto.

„O nein, das sind herzensgute Menschen", versicherten die Käuer. „Freilich haben sie die Gewohnheit, beim Sprechen zu Boden zu blicken, was nicht einem jeden gefällt. Aber sie können nicht anders, weil das grelle Tageslicht sie immer noch stört."

Beim Abschied versprachen Tim und Ann, auf dem Heimweg wieder bei den Käuern einzukehren.

Cäsar und Hannibal waren froh über den Aufbruch, denn Bewegung war ihnen das Liebste auf der Welt – das lag eben in ihrer Natur.

An diesem Tag kamen die Kinder durch mehrere Käuerdörfer. Alles war dort blau: die Häuser mit den Spitzdächern, die Tore und Zäune, die Einfriedungen der Gärten und Felder und die Kleider der Einwohner. Unsere Reisenden wurden überall freundlich begrüßt. Auf eine geheimnisvolle Weise hatten die Leute erfahren, dass die kleine Schwester der Fee des Tötenden Häuschens eingetroffen sei und den Kampf mit dem grausamen Urfin Juice aufnehmen wolle.

Im letzten blauen Dorf zeigte man Tim und Ann die Richtung, die sie einschlagen mussten, um auf den gelben Backsteinweg zu gelangen.

Bald erreichten die Kinder die Lichtung, in der die Hütte John Smith' nach der wunderbaren Luftreise gelandet war. Der Wohnwagen stand noch immer da, allerdings geschwärzt von Wind und Wetter. Auf der Tür war noch die halb verwischte Aufschrift zu lesen: „Ich bin nicht zu Hause", die Elli hingekritzelt hatte, als sie noch ein kleines Mädchen war.

Natürlich traten die Kinder in den Wagen ein.

Drinnen herrschte eine große Unordnung. Die Stühle waren umgefallen, und ein Teil des Geschirrs, das aus dem Küchenschrank gerutscht war, lag zerbrochen auf den Dielen. Ann nahm zum Andenken ein mit Blumen bemaltes Tellerchen mit, Tim stellte die Stühle um den Tisch auf und staubte sie ab.

Schweigend verließen die Kinder das Häuschen, das seit zehn Jahren keines Menschen Fuß betreten hatte.

„Da muss irgendwo in der Nähe die Höhle Gingemas sein", sagte Ann leise. „Mir ist so bange ..."

„Hab keine Angst", beruhigte sie Tim. „Mit unseren Maultieren und dem Silberreif brauchen wir nichts zu fürchten ... Außerdem bin ich ja auch noch da!" Bei diesen Worten richtete sich der Junge im Sattel auf und machte ein grimmiges Gesicht.

„Prahlhans!", lächelte Ann. „Du vergisst anscheinend, dass wir noch sehr klein sind, lieber Tim."

VIERTER TEIL

Der Silberreif

Bei den Erzgräbern

Bald kamen die Reisenden an eine Kreuzung, von der drei Wege abzweigten.

Auf dem Wegweiser waren drei Schildchen angebracht. Eines trug die Aufschrift „WEG DORTHIN“, das andere „WEG HIERHER“, das dritte „GBP-WEG“.

„Das ist der richtige!“, rief Ann.

„Was bedeutet diese Aufschrift?“, fragte Tim.

„Das ist doch leicht zu verstehen: Gelber Backsteinpflasterweg“, erklärte das Mädchen. „Genauso habe ich ihn mir vorgestellt. Mir ist, als sehe ich Elli in ihren silbernen Zauberschuhen diesen Weg gehen, gefolgt vom treuen Totoschka …“

„Gut, dass du es sagst“, rief Arto aus dem Sack. „Es muss sehr angenehm sein, auf diesem glatten Weg zu laufen, mir sind vom Liegen die Pfoten schon ganz geschwollen.“

Tim und Ann stiegen von den Maultieren und ließen den Hund aus dem Sack. Es war angenehm zu gehen auf den gelben Backsteinen, die von der Zeit schon abgewetzt waren. Die Maultiere folgten ihnen, während Arto in den Büschen schnüffelte und die Eichhörnchen anbellte, die von den Zweigen zurückschimpften.

Mit einem sonderbaren Gefühl beschritt Ann den märchenhaften Weg, von dem sie geträumt hatte, als sie noch ganz klein war. Auf diesem Weg hatte Elli einst den Scheuch, den Eisernen Holzfäller und den feigen Löwen kennengelernt … Ann erschauerte bei dem Gedanken, dass hinter den Büschen der schreckliche Menschenfresser lauern könnte, der einst ihre Schwester entführt hatte. Sie beruhigte sich jedoch bald, wusste sie doch, dass der Menschenfresser schon vor zehn Jahren vom Eisernen Holzfäller erschlagen worden war.

Am nächsten Tag, als die Sonne bereits hoch am Himmel stand, tauchte in der Ferne das Dorf der Erzgräber auf. Der Weg hatte sich in eine breite Straße verwandelt, zu deren beiden Seiten Weizenfelder rauschten und Gärten blühten. Auf einem Stoppelfeld war ein Bauer mit einem Pflug zu sehen, den ein Sechsfüßer zog. Die Augen des Tieres waren verbunden – wahrscheinlich, weil es sich an das grelle Sonnenlicht noch immer nicht gewöhnt hatte.

Neugierig betrachteten Tim und Ann das seltsame Tier mit dem struppigen weißen Fell, dem großen runden Kopf und dem runden Körper, der sich auf sechs runden Füßen vorwärts bewegte. Das Tier musste sehr stark sein, denn es zog mit Leichtigkeit den großen Pflug, der breite Furchen in der schwarzen fetten Erde hinterließ.

Der Bauer betrachtete verwundert die Ankömmlinge, die auf hochbeinigen Tieren ritten, wie man sie im Zauberland nicht kannte.

Am Rand des Dorfes lag eine kleine Fabrik, aus der das Rattern von Maschinen und das Klopfen von Hämmern zu hören war. Die Erzgräber, die sich auf der Erdoberfläche angesiedelt hatten, fuhren fort, das Metall zu bearbeiten, das aus der Höhle kam.

Tims und Anns Erscheinen rief im Dorf großes Aufsehen hervor. Aus den schönen hohen Häusern mit den roten Dächern kamen Kinder und Erwachsene gelaufen, die die kleine Schar neugierig umringten. Die Erzgräber hatten lange, fahle Gesichter. Sie hoben ihre Augen nur für kurze Zeit zu den Reisenden empor und senkten sie sofort wieder.

Ein hagerer alter Mann mit einem langen grauen Bart trat aus der Menge und sagte:

„Ich heiße Rushero und bin der Herrscher im Land der Erzgräber."

„Oh, meine Schwester hat mir viel über Euch erzählt", sagte Ann erfreut. „Ihr wart doch der letzte Hüter der Zeit im unterirdischen Land, nicht wahr?"

Rushero schmunzelte:

„Ich wusste nicht, dass man sich jenseits der Berge noch meiner erinnert. Das habe ich wohl Elli zu verdanken?"

„Wem sonst?", sagte Tim. „Bei uns kennen alle Kinder auf den Farmen die Namen der unterirdischen Könige. Euren natürlich auch", fügte er höflich hinzu.

Rushero lud Ann und Tim zu sich ein. Die Maultiere wurden in die Sonne gestellt, damit sie sich aufluden, und Arto blieb bei ihnen als Wächter zurück.

Das Haus Rusheros hatte viele schön ausgestattete Zimmer, an deren Decken kleine Kugeln hingen, die, wie der Herrscher sagte, nachts das Haus beleuchteten. Der Anstrich der Wände und Möbel war überwiegend von einem grellen Grün, Hellblau und Orange.

Die Erzgräber mochten jetzt nicht mehr die blassen und trüben Farben, die sie in den Jahrhunderten ihres unterirdischen Lebens umgeben hatten.

Zu Ehren der Gäste gab Rushero ein großes Festessen. Bevor man sich an die Tafel setzte, sagte er zu Ann und Tim:

„Die Reden einiger meiner Stammesgenossen werden euch vielleicht sonderbar vorkommen, aber ich bitte euch inständig, ernst zu bleiben, selbst wenn es euch schwerfallen sollte."

In dem großen Saal nahmen an langen Tischen mehrere Dutzend Menschen Platz. In dem halbdunklen kühlen Raum fühlten sich die Erzgräber ungezwungen, und Ann bemerkte, dass sie kühne Augen und würdevolle Gesichter hatten.

Der Hausherr setzte das Mädchen zwischen zwei ältere Männer. Der Nachbar links, der beleibt und rothaarig war, stellte sich vor:

„Barbedo!“

Der andere, zur Rechten, ein Mann mit dichten Brauen, dem eine schwarze Haarsträhne in die Stirn fiel, sagte:

„Mein Name ist Mentacho!“

Es waren zwei der letzten unterirdischen Könige. Ann hatte beinahe aufgelacht, aber der Bitte Rusheros eingedenk, unterdrückte sie das Lachen.

Auf den Tischen standen viele Leckerbissen: Torten auf großen Tellern, Zuckergebäck, Kuchen, dampfende Schildkrötensuppe, Schalen mit herrlichem Obst, Pfannkuchen mit Honig und Limonade.

Die Tischnachbarn unterhielten Ann, wie sie nur konnten. Der ehemalige König Mentacho lobte eifrig seinen jetzigen Beruf, das Weben.

„Ich bin so stolz darauf, liebe Ann, dass ich Weber bin wie meine Vorfahren“, sagte Mentacho. „Ich glaube, das Weben ist die allerwichtigste Beschäftigung auf der Welt. Stellt Euch einmal vor, es gäbe keine Weber. Dann würden die Menschen in Tierfellen umherlaufen, wie vor tausend Jahren, und ihr Verstand würde gewiss auf den Stand der Tiere herabsinken!"

„Oh, Mentacho", rief einer der Gäste fröhlich. „Du vergisst diejenigen, die Flachs anbauen!"

Ein anderer sagte: „Sag, Freundchen, was würden deine Stoffe nützen, wenn wir Schneider nicht wären?"

Die Gäste lachten und scherzten ausgelassen.

Mit besonderer Aufmerksamkeit hörte Ann Barbedo zu.

„Ich kann es nicht begreifen", sagte er erregt, „wie unsere Väter und Großväter die Macht der Könige so lange geduldet haben. Hätte ich damals gelebt, ich hätte mich sicher als Erster gegen die Tyrannen erhoben!"

Die flammenden Reden Mentachos und Barbedos kamen Tim und Ann lächerlich vor. Jetzt verstanden sie, warum der Hausherr sie gebeten hatte, ernst zu bleiben. Am meisten staunten sie aber darüber, dass die vielen Tischgäste mit ernsten Mienen den gestürzten Königen zuhörten. Nicht nur, dass niemand schmunzelte, man nickte sogar beifällig und machte ermunternde Zwischenrufe. Diese Menschen, die viele Jahrhunderte lang in ihrem unterirdischen Reich gedarbt hatten, besaßen reine und edle Herzen. Nachdem sie ihre ehemaligen Könige umerzogen und aus Schmarotzern und Gewalttätern in fleißige Handwerker umgewandelt hatten, wollten sie sie mit keinem Wort an die Vergangenheit erinnern, um sie nicht zu erniedrigen. Dieses feinfühlige Volk hatte alles verstanden und alles verziehen.

Tim und Ann bewunderten den Edelmut der Erzgräber. Nach dem Essen, als der Hausherr die Gäste verabschiedet hatte, teilte Tim ihm mit, dass Urfin die Smaragdenstadt erneut erobert habe.

„Darüber haben mich die Käuer längst unterrichtet", sagte Rushero. „Wir haben mit ihnen ein Bündnis über gegenseitigen Beistand geschlossen."

„Wie gedenkt ihr, euch der Feinde zu erwehren?", fragte Ann besorgt. „Meine Schwester hat erzählt, die Springer seien ein sehr starkes und kriegerisches Volk."

„Wir haben für sie etliche Überraschungen parat“, erwiderte schmunzelnd Rushero, „aber davon darf niemand etwas erfahren.“

Tim und Ann waren bereits mehrere Stunden unterwegs, als aus einem Seitenweg eine sonderbare Gestalt hervortrat. Es war ein hölzernes Menschlein, das jedoch anders aussah als die Holzköpfe, die man den Kindern beschrieben hatte. Es hatte lange dürre Arme mit vielen Fingern, hohe Läuferbeine und eine lange spitze Nase, mit der es in einem fort schnupperte.

Ann begriff, dass es ein ehemaliger Polizist war, der nach Urfins Sturz das Amt eines Boten und Briefträgers versah.

„Halt!“, rief sie laut und stellte sich dem Männchen in den Weg.

Das blieb wie angewurzelt stehen.

„Wer bist du?“, fragte das Mädchen.

„Ich heiße Rellem und bin der Eilbote des Herrschers der Smaragdenstadt, des Dreimalweisen Scheuchs.“

„Also ist der Scheuch frei?“, fragte Ann erfreut. „Hat er dir eine Botschaft aufgetragen?“

„O nein, gnädige Frau, leider! Die Smaragdenstadt ist von Feinden besetzt, und unser Herrscher ist gefangen. Man hat die Einwohner aus ihren Häusern vertrieben, und jetzt irren sie, elend und hungrig, auf den Feldern umher.“

„Wohin eilst du?“, fragte Tim.

„Zum ehrenwerten Prem Kokus, dem Herrscher der Käuer, und zum ehrenwerten Rushero, dem Herrscher der Erzgräber. Ich soll sie vor der Gefahr warnen, hat mir Frau Kaggi-Karr aufgetragen, die zeitweilige Herrscherin der Smaragdeninsel. Natürlich werden die Käuer und die Erzgräber gegen die kriegerischen Springer nichts ausrichten, aber zumindest werden sie bis zu deren Ankunft ihr Hab und Gut und ihren Lebensmittelvorrat in Sicherheit bringen können.“

„Ein guter Einfall von Kaggi-Karr“, bemerkte Tim.

„Oh, Frau Kaggi-Karr ist der klügste Vogel im Zauberland“, sagte Ann. „Ich bin überzeugt, dass sie uns im Kampf mit Urfin Juice beistehen wird. Sag, Rellem, sind die Springer weit von hier?“, wandte sie sich an den Boten.

„Einen Tagesmarsch entfernt“, antwortete das Holzmännchen. „Das ist allerdings nicht nahe, denn ihr müsst bedenken, ich laufe sehr schnell. In unserem Land gehe ich aus jedem Wettlauf als Sieger hervor.“

„Und was gibt es im Land der Zwinkerer?“, fragte Ann. „Hat der böse Urfin auch sie unterworfen?“

„Ja, aber nicht für lange“, erwiderte das Männchen. „Kaggi-Karr hat mir von einer Begebenheit erzählt, über die die Vögel sie unterrichtet haben. Ich glaube, Urfin weiß noch nichts davon."

Und Rellem erzählte Folgendes:

Nach dem Abzug der Hauptkräfte Urfins führen die Zwinkerer, ohne zu murren, alle Befehle Bois' aus, des Kommandanten der kleinen Marranengarnison. Aber Lestar, der Freund und oberste Berater des Eisernen Holzfällers, sei ein erfinderischer Kopf. Er hat die Holzkanone hergestellt, die durch einen einzigen Schuss Urfins Armee in die Flucht geschlagen habe. Dieser Lestar habe das Leben und Verhalten der Marranen aufmerksam beobachtet und bald herausgefunden, dass sie nach dem Einschlafen völlig hilflos seien.

Aus Angst vor nächtlichen Überfällen schlafen die Marranen in Zimmern mit dicken Türen, die mit großen Schlössern und Riegeln versehen sind. Aber was bedeuten schon Schlösser für die tüchtigen Handwerker des Violetten Landes!

Einmal seien die Springer mit gefesselten Armen und Beinen aufgewacht. Die Aufständischen hatten sie in einen Keller eingesperrt, wo sie reichlich Zeit hatten, die Torheit zu bereuen, dass sie den Versprechungen des Feuergottes geglaubt hatten.

Lestar weiß natürlich, dass er mit diesem leichten Erfolg noch nicht gesiegt hat. Er sei sicher, dass Urfin ein großes Soldatenaufgebot ausschicken werde, und treffe Vorkehrungen. Vor allem habe er die Mobilisierung aller Männer im Alter von achtzehn bis dreißig Jahren verkündet, was eine Truppe von insgesamt dreitausend Mann ergab. Die älteren Jahrgänge haben Schwerter und Dolche, Lanzen- und Pfeilspitzen angefertigt, und jetzt lägen in der großen Halle des Palastes ein Haufen von Waffen und Schilden bereit.

Die Zwinkerer, die Din Gior seinerzeit militärisch ausgebildet hat, seien auf Befehl des jetzigen Oberkommandierenden, Lestar, zu Korporalen, Leutnanten und Hauptmännern befördert worden. Sie unterweisen die Jugend in der Handhabung der Waffen. Das Volk sei kämpferisch gestimmt, sagte der Bote, es rufe: „Sieg oder Tod!"

Tim und Ann waren über Rellems Bericht sehr erfreut. Jetzt wussten sie, dass die Springer nicht so schrecklich wären, wie sie gedacht hatten, und dass man auch ihnen beikommen könne.

„Hab Dank für die gute Nachricht, Freund Rellem", sagte Tim. „Mach dich auf den Weg und bestelle den Käuern und Erzgräbern, dass sie ihr Hab und Gut und ihren Essvorrat gut verbergen sollen. Noch besser wäre es, sie gingen in den Wald. Wenn die Eroberer leere Dörfer vorfinden, wird ihr Mut sinken. Prem Kokus hat von uns natürlich gehört. Bestelle ihm einen Gruß und sage ihm, dass Ann und Tim alles tun werden, um dem tückischen Urfin das Handwerk zu legen."

Rellem nahm Haltung an:

„Ich werde alle Eure Befehle genau ausführen, gnädiger Herr!", sagte er. „Und noch eins: Am GBP-Weg stehen feindliche Posten, und

der Übergang über den Großen Fluss wird von einem Zug Springer bewacht, die nachts nicht schlafen, weil sie einen Likör aus Nuch-Nuch-Nüssen trinken."

Der hölzerne Bote erklärte den Kindern, was das für Nüsse seien und wie sie wirkten. Nach diesen wertvollen Auskünften wandte sich der Abgesandte Kaggi-Karrs mit einem Ruck um, setzte sich in Trab und war im nächsten Augenblick verschwunden.

Schlimme Vorahnungen bemächtigten sich Anns und Tims. Der Weg lag nach wie vor friedlich vor ihnen, aber die Nachricht, dass irgendwo Feinde lauerten, hatte ihre Stimmung verändert. Die Unruhe schärfte alle Sinne der Kinder, die jetzt wachsam in die Ferne blickten.

Nach einem langen Marsch übernachteten sie in einer Hütte, die einzustürzen drohte. Hier hatte einst der Eiserne Holzfäller gewohnt. Auf einem Wandbrett stand noch die verstaubte Kanne mit dem Öl, das er zum Schmieren seiner eisernen Gelenke benutzt hatte.

Der Reif beginnt zu wirken

Am folgenden Tag setzten die Kinder den Weg mit großer Vorsicht fort. Wo er gerade war, hielten sie mit dem Fernrohr Ausschau, und an den Krümmungen schickten sie Arto voraus, der sich geräuschlos durch die Büsche pirschte und die Lage auskundschaftete.

Nach einem dieser Aufklärungsunternehmen kehrte Arto hechelnd und mit gesträubtem Fell zurück.

„Feinde!", meldete er kurz. „Ein volles Dutzend. Sie lagern am Straßenrand!"

Es wurde sofort ein Kriegsrat abgehalten, an dem auch die Maultiere teilnahmen, weil Hannibal gesagt hatte: „Da wir die Namen berühmter Feldherren tragen, ist es nur gerecht, dass wir in militärischen Angelegenheiten mitreden", wogegen Tim und Ann nichts einzuwenden hatten.

„Wie sind die Springer bewaffnet?", fragte das Mädchen.

„Sie haben Schleudern und schwere Keulen", erwiderte das Hündchen.

Cäsar sagte: „Hannibal und ich können an den Wachen so schnell vorbeisprengen, dass sie nicht dazukommen, die Waffen zu heben. Wollt ihr euch davon überzeugen?"

„Um einen Stein in den Rücken zu bekommen, ja? Danke schön!", sagte Ann. „Außerdem darf Urfin nicht erfahren, dass wir im Zauberland sind, sonst wird er sich in Acht nehmen und wir werden es viel schwerer haben, die Vorhersage des Zauberbuchs in Erfüllung gehen zu lassen."

Wir könnten einen Bogen um den Feind machen", sagte Tim.

„Das geht nicht, weil der Wald zu dicht ist", entgegnete Arto.

Alle dachten angestrengt nach, dann rief Ann aus:

„Ei, wie dumm wir doch sind! Wir haben den Reif völlig vergessen! Er kann uns ja unsichtbar machen!"

Damit die Marranen nichts hörten, zogen die Kinder ihre Schuhe aus und hüllten die Hufe der Maultiere in Blätter, die sie mit Lianen umwanden.

Um den Plan auszuprobieren, nahmen sich die Kinder bei den Händen und führten die Maultiere am Halfter hinter sich. Als sie sich Arto näherten, der den Beobachter spielte, berührte Ann den großen Rubin des Reifs.

„Nichts zu sehen und nichts zu hören!", rief Arto freudig.

Hatte der Hund mit seinen scharfen Augen und der feinen Nase nichts gemerkt, so konnte die Vorhut der Springer erst recht nichts sehen oder hören. Die List hatte sich bewährt.

Kurze Zeit später hörten Ann und Tim das Getrampel zahlreicher Füße und den Lärm vieler Stimmen. In der Ferne wurde der große Marranentrupp sichtbar, den Urfin gegen die Käuer und Zwinkerer ausgeschickt hatte. Der Weg war hier viel zu schmal, als dass die Kinder den Soldaten hätten ausweichen können. Zum Glück hatten sie etwa fünfzig Schritt vorher einen Pfad in den Wald abbiegen sehen. Auf diesen zogen sie sich nun zurück, und Ann berührte erneut den Rubin.

Drei Züge von Urfins Armee zogen lachend und schwätzend an der kleinen Schar vorbei, und keiner der Soldaten ahnte, dass sich in der Nähe Feinde verbargen.

Am Abend des nächsten Tages erreichten die Kinder den Großen Fluss.

Da die Überfahrt, wie sie von Rellem wussten, bewacht war, bogen sie vom Weg ab und ritten am Ufer entlang, bis sie eine Stelle fanden, die sie, ohne absteigen zu müssen, leicht überquerten.

Bis zur Smaragdeninsel waren es jetzt zwei Tagesreisen zu Fuß, aber nur ein paar Stunden zu Pferd. In dieser dicht bevölkerten Gegend musste man gut aufpassen, denn überall trieben sich Springer herum, denen unter die Augen zu kommen nicht ratsam war.

Selbst die Einwohner des Smaragdenlandes würden, wenn sie einem Mädchen begegneten, das Elli wie aus dem Gesicht geschnitten war, überall davon erzählen, was Urfin zu Ohren kommen konnte. Deshalb beschlossen die Kinder, den Weg zu Fuß zurückzulegen, um die Zauberkraft des Reifs besser nutzen zu können.

Sie überlegten, was sie mit den Maultieren anfangen sollten. Sie in die Sonne zu stellen war gefährlich, denn die Tiere würden sich so sehr aufladen, dass keine Fessel sie würde halten können.

Tim legte Cäsar und Hannibal ins schattige Dickicht, band ihnen auf alle Fälle die Beine zusammen und bedeckte sie mit Zweigen und Laub, damit kein Vorübergehender sie bemerke.

Dann legten die Kinder das Allernotwendigste in ihre Rucksäcke und baten die Tiere, so lange auf sie zu warten, bis sie zurückkehrten, selbst wenn das eine geraume Weile dauern sollte.

Nach dem Abschied von den treuen mechanischen Gefährten kehrten Ann und Tim auf die GBP-Straße zurück und nahmen, unsichtbar für die Umgebung, Kurs auf die Smaragdeninsel.

Hier war alles grün. In grünen Hainen standen Farmerhäuser mit grellgrünen Wänden und blassgrünen Dächern. Die Einfriedungen der Gärten und Felder waren meergrün und die Wegweiser hatten einen dunkelgrünen Anstrich.

Von ihrer Schwester wusste Ann, dass auch in der Kleidung der Einwohner die grüne Farbe vorherrschte. Aber die wenigen Farmer, denen die Kinder begegneten, hatten nur Fetzen am Leib, deren Farbe schwer zu erkennen war. Die Marranen hatten ihnen nicht nur Hab und Gut, sondern auch die letzten Kleider geraubt.

Oichos Kampftaten

Das von Urfin zur Eroberung des Blauen Landes ausgesandte Marranenregiment befehligte Oberst Chart, ein breitschultriger, gedrungener Kerl mit riesigen Fäusten. Die tiefe Furche in seiner Stirn verriet, dass er viele Jahre Sklave gewesen war – wahrscheinlich hatte er es mit dem Wetten zu weit getrieben.

Vor dem Erzgräberdorf stellten sich die Kolonnen auf. Chart schickte Kundschafter aus, die bald mit der Meldung zurückkehrten, dass sie niemandem begegnet seien. Nur habe ihnen eine Anlage, sagten sie, die sie sich nicht zu erklären wussten, den Weg versperrt.

Das Regiment rückte gegen das Dorf vor, aber hinter einer Wegkrümmung stieß es auf eine Barrikade, die ihm Einhalt gebot. Die Erzgräber hatten in Erwartung des Feindes die Zeit nicht vertrödelt.

Am Dorfrand erhob sich ein Wall aus Baumstämmen, eisernen Pflügen, umgekippten scharfzähnigen Eggen, massiven Wandschränken und Gartenbänken.

Zu beiden Seiten des Walls klafften tiefe Gräben, aus deren Boden spitze Pfähle ragten. Während Chart überlegte, was er unternehmen solle, erschien auf der Barrikade ein hagerer Mann mit wallendem weißem Bart. Es war Rushero.

„Menschen aus fernem Land, was sucht ihr hier?“, fragte er laut.

Da trat Oberst Chart vor und rief:

„Im Namen Seiner Majestät Königs Urfin I. fordere ich euch auf, die Waffen zu strecken und euch zu ergeben!“

„Welchen Nutzen werden wir davon haben?“, fragte Rushero.

„Na, welchen …“ In diplomatischen Verhandlungen unerfahren, stockte Chart. „Ihr werdet dem Großen Urfin Steuern entrichten, und dafür wird er euer Land vor Feinden schützen …“

Rushero lachte schallend:

„Wir leben seit acht Jahren hier, und es ist das erste Mal, dass wir Feinde sehen. Diese Feinde seid ihr! Ihr werdet uns doch nicht vor euch selbst schützen wollen, wie?“

Der Oberst sah, dass er im Wortgefecht den Kürzeren zog, und wurde wütend.

„Halt den Mund!“, brüllte er, und zu den Soldaten gewandt, „schlagt ihn tot, Leute!“

Aber ehe die Soldaten die Waffen erheben konnten, verschwand Rushero hinter der Barrikade, aus der plötzlich kalte Wasserstrahlen hervorschossen, die die verdutzten Marranen umwarfen und sie bis auf die Haut durchnässten.

Das war die erste Überraschung der Erzgräber, die aus ihren Gärten Pumpen herbeigeschafft und Fässer mit Wasser bereitgestellt hatten, das jetzt den kriegerischen Eifer der Marranen abkühlte.

Die Soldaten glitten in den Pfützen aus, stolperten übereinander, fielen, erhoben sich wieder und wichen entsetzt zurück. Chart und seine Zugführer hatten Mühe, die Reihen ihrer Männer leidlich wieder in Ordnung zu bringen.

Wütend schüttelte der Oberst die Fäuste.

„Das sollt ihr mir büßen!“, drohte er den unsichtbaren Verteidigern.

Die heiße Sonne des Zauberlandes trocknete rasch die Kleider der Marranen, und die Truppe ging erneut zum Angriff über.

Der Wasservorrat der Erzgräber war verbraucht, und die dünnen Strahlen, die stellenweise noch hervorsickerten, konnten den Angreifern nichts anhaben. An Baumzweigen, Pfluggriffen und anderen Vorsprüngen kletterten die Marranen die Barrikaden hinauf. Doch als sie sie fast erklettert hatten, setzte die zweite Überraschung Rusheros ein.

Aus dem nahen Dickicht schoss mit gefletschten Zähnen ein riesiger Drache hervor, der sich auf den Feind stürzte.

Der uralte Stamm der fliegenden Drachen war zu jener Zeit fast ausgestorben. Nur im feuchten Halbdunkel des unterirdischen Landes hatten sich einige Exemplare erhalten, die von den Erzgräbern noch unter der Regierung der Könige gezähmt und von den königlichen Wachen beim Patrouillendienst benutzt worden waren. Der zahmste und aufgeweckteste unter den Drachen war Oicho, der Elli nach ihrem dritten Besuch im Zauberland heimgeflogen hatte.

Diesen Oicho hatten die Erzgräber nun aus der Höhle geholt und in den Kampf geschickt. Auf seinem Rücken saß Mentacho. Mentacho war jetzt zwar Weber, aber als Spross eines Königsgeschlechts hatte er seinerzeit eine gute militärische Ausbildung erhalten. Als die Erzgräber in höchster Gefahr schwebten, traten seine alten militärischen Erfahrungen wieder zutage.

Das Ungeheuer hätte die Marranen haufenweise vernichten können, doch einen solchen Befehl hatte man ihm nicht gegeben. Der kluge Rushero wusste, dass allein der ehrgeizige Urfin die Schuld an allem Unheil im Zauberland trug und die Springer lediglich seine betrogenen

Opfer waren. Deshalb hatte der Herrscher der Erzgräber dem Drachen und seinem Reiter Befehl erteilt, unter den Scharen der Feinde Panik zu entfachen und sie in die Flucht zu schlagen.

Mentacho führte seinen Auftrag glänzend aus. Er begriff, dass die Angreifer vor allem ihrer Führung beraubt werden mussten. Mit geübtem Auge erspähte er im feindlichen Heerhaufen den Obersten, der seine Kolonnen wieder zu ordnen suchte. Auf Mentachos Befehl packte der Drache mit seinen mächtigen Tatzen den Obersten und setzte ihn auf dem Wipfel einer hohen Palme ab. Dasselbe tat er mit den Hauptleuten und Zugführern. Da die Stämme der Palmen astlos waren, konnten die Unglücklichen nicht hinabklettern. Erst als die Soldaten sich verlaufen hatten, holten die Erzgräber den Obersten und seine Offiziere von den Bäumen herunter.

Oicho fegte über die Straße, auf der die Marranen entsetzt flohen. Wie ein Pfeil schoss er im Sturzflug auf den einen oder anderen Soldaten zu und tat so, als wolle er ihn zerreißen.

Dann traten aus den Büschen brüllende Sechsfüßer hervor, auf deren Rücken Männer saßen. Das war die dritte und letzte Überraschung Rusheros.

Die feindliche Truppe hatte eine vernichtende Niederlage erlitten. Hunderte Marranen warfen ihre Waffen fort und verkrochen sich in den Wäldern.

Noch lange Zeit später trieben sich halbnackte Gestalten auf den Straßen des Blauen Landes herum. Manche klopften an die Türen der Farmerhäuser und baten mit zitternder Stimme, man möge ihnen etwas zu essen und ein Obdach für die Nacht geben.

Nach der Schlacht schickte Rushero einen Boten mit der Siegesnachricht zu Prem Kokus. Die Käuer, die ihre Häuser verlassen und im wilden Wald Zuflucht gefunden hatten, kehrten freudig wieder heim.

Versprengte Marranen schleppten sich auf dem GBP-Weg nach Osten in Richtung der Smaragdeninsel. Sie beeilten sich nicht, denn als geschlagene Krieger fürchteten sie, dem grimmigen Urfin unter die Augen zu treten.

Urfins neue Sorgen

Als Urfin die Smaragdenstadt zum ersten Mal erobert hatte, fanden sich unter ihren Einwohnern Überläufer, die ihm zu dienen bereit waren. Der Erste unter ihnen war Ruf Bilan, den Urfin in den Rang des Obersten Zeremonienmeisters erhob.

Nach Urfins Sturz floh Ruf Bilan in das unterirdische Land, wo er neue Verbrechen beging, für die er zu zehn Jahren Schlaf verurteilt wurde. Die Strafe wurde mithilfe des Zauberwassers vollstreckt.

In der Stadt verblieben jedoch Kabr Gwin, der ehemalige Statthalter des Blauen Landes, Enkin Fled, der in Urfins Namen die Zwinkerer regierte, und andere Verräter. Man hatte ihnen das Leben geschenkt und das Eigentum zurückgegeben, ja, der sanftmütige Scheuch duldete sie sogar bei Hofe, was gewiss ein großer Fehler war.

Kaum hatte sich Urfin wieder der Smaragdenstadt bemächtigt, da traten die ehemaligen Minister und Räte vor ihn und sagten, sie seien über seine Rückkehr sehr erfreut. Urfin nahm sie alle wieder in seine Dienste und verlieh ihnen hohe Ämter. Der reiche Kaufmann Kabr Gwin wurde zum Obersten Zeremonienmeister und Enkin Fled zum Chef der Polizei ernannt.

Als Urfin die Sachen des Scheuchs in Augenschein nahm, fiel ihm der rosa Kasten mit der Mattscheibe auf. Er versuchte ihn zu öffnen, was ihm jedoch misslang. Während er sich damit abmühte, trat Kabr Gwin ins Zimmer.

„Dieser Kasten öffnet sich nicht, Majestät“, sagte Gwin ehrerbietig. „Niemand weiß, was drinnen liegt, aber es ist ein magisches Ding.“

„Magisch, sagst du?“ Urfins Augen glänzten. „Ist das vielleicht ein neues Wunder, von dem ich nichts wusste, ein Zaubermittel, das mir nützen könnte?“, fragte er.

„Ich habe mehrmals beobachtet“, sagte Gwin, „wie unser früherer Herrscher allerlei Worte murmelte, worauf sich verschiedene bewegliche Gestalten auf der Scheibe zeigten. Bald war es der Eiserne Holzfäller, bald der tapfere Löwe, manchmal wart auch Ihr darauf …“

‚Ein Zauberspiegel!‘, ging es Urfin durch den Sinn. ‚Jetzt verstehe ich, woher der Scheuch wissen konnte, wo ich mich nach meiner Vertreibung aufhielt. Der Spiegel hat es ihm gesagt. Ich muss unbedingt hinter sein Geheimnis kommen!‘

„Was für Worte hat der Scheuch gesprochen?“, fragte Juice.

„Niemand hat sie gehört. Er flüsterte nur.“

„Holt den Scheuch!“

Eine Stunde später stand der ehemalige Herrscher der Insel wieder vor Urfin. Der Scheuch sah jämmerlich aus: Seine Gesichtszüge waren verwaschen, und die Beine knickten unter dem aufgedunsenen Körper ein. Allein sein Wille war ungebrochen.

„Was wollt Ihr von mir?“, fragte er heiser.

„Ich will, dass Ihr mir das Geheimnis des rosa Kastens verratet. Sagt die magischen Worte – und ich lasse Euch frei. Mehr noch: Ich werde auch Euren Freund, den Holzfäller, freilassen. Ich weiß, wie er unter der Gefangenschaft leidet.“

‚Ich werde ihm die Freiheit geben, aber er soll unter strenger Aufsicht bleiben‘, dachte Urfin bei sich.

„Und wenn ich mich weigere?“

„Dann lasse ich Euch verbrennen und die Asche in den Wind streuen!“

„Tut es doch, verbrennt mich! Vielleicht wird der Wind, der meine Asche verweht, Euch die magischen Worte verraten!“

Weder gütiges Zureden noch Drohungen konnten den Scheuch dazu bringen, das Geheimnis zu verraten.

In den Keller zurückgebracht, teilte er dem Holzfäller die magischen Worte mit, damit das Geheimnis des Zauberkastens nicht verloren gehe, falls der erboste Urfin ihn, den Scheuch, verbrennen sollte.

Urfin wollte aber das Geheimnis des Kastens um jeden Preis erfahren. Das war für ihn sehr wichtig, da der Strahlenglanz des Feuergottes, mit dem er sich umgeben hatte, in den Augen der Marranen allmählich verblasste. Zwar konnte der Große Urfin nach wie vor durch eine Handbewegung Feuer erzeugen, doch mittlerweile hatten die Marranen gesehen, dass auch die Einwohner des Violetten Landes und der Smaragdenstadt dieses Zaubers mächtig waren. Sie brauchten nur ein Holzstäbchen an die geschwärzte Seite eines kleinen Schächtelchens zu reiben, damit das Ende des Stäbchens zu brennen begann. Die Käuer nannten diese geheimnisvollen Stäbchen Streichhölzer. ‚Sind denn die Untertanen des Holzfällers und des Scheuchs auch Feuergötter?‘, fragten sich die Marranen, unter denen es bereits einige beherzte Männer gab, die mit Streichhölzern gleichfalls Feuer zu erzeugen wussten.

Zwar ahnten die Marranen noch nicht, dass man sie betrogen hatte, aber dieser Gedanke keimte in ihnen bereits. Das konnte Urfin fast jeden Abend von seinem Hauptspion, dem Clown Eot Ling, hören. Es bestand aller Grund, eine Erhebung dieses mutigen Volkes zu befürchten.

Aller dieser Sorgen wäre Urfin enthoben, wüsste er das Geheimnis des rosa Kastens. Dann könnte er jedem seiner Untertanen sagen, was dieser, ganz gleich, zu welcher Stunde oder an welchem Ort, getan habe. Durch diese Allwissenheit würde er die Marranen in ihrem Glauben an seine Gottheit bestärken.

Urfin verfiel auf den törichten Gedanken, er könnte das Geheimnis des Kastens ergründen, wenn er viele Worte in verschiedener Reihenfolge spreche. So setzte er sich denn vor den Fernseher und murmelte:

„Hüte-Zelte, Morgenröte-Dämmerung, Pufiki-Mufiki, Zug-Ruck … Kasten, Liebchen, zeig mir ein Bildchen …! Kalamas-palamas, tra-la-la-lalala … Klötzchen-Klotz, rosarotes Holz, Kasten, Freundchen, zeige mir die Leutchen …!“

Der Kasten blieb jedoch stumm und finster.

Urfin wollte nicht begreifen, dass er, selbst wenn er Millionen Jahre diese sinnlosen Worte murmelte, seinem Ziel genauso fern bleiben würde wie ein Wanderer, der es sich in den Kopf gesetzt hätte, auf Schusters Rappen ans Ende der Welt zu gelangen.

Als alle Beschwörungen nichts fruchteten, warf Urfin den Kasten zu Boden und begann ihn mit den Füßen zu treten. Der Kasten blieb jedoch unversehrt.

In blinder Wut nahm Urfin einen Hammer und schlug ihn mit aller Wucht gegen die Scheibe. Der Hammer aber prallte zurück und traf Urfin an der Stirn.

„Man hole den Scheuch!", brüllte er.

Wieder versuchte Urfin, den ehemaligen Herrscher der Smaragdeninsel zu überreden. Er schmeichelte und drohte ihm – doch alles vergeblich.

Tapfer wahrte der Scheuch sein Geheimnis. Selbst das Angebot Urfins, sich mit ihm die Herrschaft zu teilen, wies er zurück.

Wie einfach und leicht wäre es für Urfin, den Strohmann zu vernichten, aber auf diese Weise würde er das Geheimnis des Kastens niemals erfahren, und so musste er denn den Scheuch verschonen.

Wieder und wieder stellte er sich vor die Mattscheibe, starrte sie aus seinen entzündeten Augen an und murmelte sinnlose Worte …

Die Begegnung mit Kaggi-Karr

Ann und Tim erreichten unversehrt die Smaragdeninsel. Durch den Zauberreif unsichtbar gemacht, gingen sie Hand in Hand und trugen abwechselnd das Hündchen. Unsichtbar für die Umgebung beobachteten sie aufmerksam alles, was ringsum geschah.

Eine verlassene Farm, unweit des Kanals, bot ihnen Unterschlupf. Über die Verwandlung der Smaragdenstadt in eine Insel wunderten sich die Kinder nicht, denn sie waren von den Käuern darüber unterrichtet worden. Im Häuschen nahm Ann den Reif ab – sie konnte ihn ja jederzeit wieder aufsetzen, wenn sich ein Fremder in der Nähe zeigen sollte.

Die Kinder aßen das trockene Brot, das sie noch von den Erzgräbern hatten, und warfen die Krümel zum Fenster hinaus – für die Vögel. Plötzlich hörten sie Flügel rauschen, und auf dem Fensterbrett zeigte sich eine große Krähe, die sie aus schwarzen Äuglein verschmitzt anblickte.

„Endlich seid ihr da!", rief sie. „Ich erwarte euch schon sehnsüchtig!"

„Ihr seid wohl Kaggi-Karr?", fragte das Mädchen.

Ann wagte es nicht, die Krähe zu duzen, denn diese trug doch den Titel eines Herrschers der Smaragdeninsel, wenn auch nur zeitweilig.

Die Krähe nickte.

„Woher wusstet Ihr, dass wir im Zauberland sind?"

Kaggi-Karr lachte.

„Meine liebe Ann! Du hast gar keine Ahnung, was für Kundschafter die Vögel sind! Als ihr am Lagerfeuer saßet und über eure Angelegenheiten spracht, trieb sich in der Nähe ein unscheinbarer Spatz herum. Ihr konntet natürlich nicht ahnen, dass dieser Spatz sich jedes eurer Worte einprägte. Dann flog das Vögelchen zum nächsten Posten und erzählte Wort für Wort, was es gehört hatte. So wurde die Nachricht auf schnellen Flügeln weitergetragen, und ehe der Tag um war, wusste ich als Leiterin der Vogelstaffel – heute bin ich stellvertretend auch zeitweilige Herrscherin der Smaragdeninsel – über alles Bescheid."

Ann und Tim waren starr vor Staunen.

„Hat dir deine Schwester denn nicht erzählt", fuhr die Krähe fort, „welche Dienste die Vogelstaffel ihr und dem Riesen von der anderen Seite der Berge im Krieg mit Urfin Juice und seinen Holzköpfen erwiesen hat?"

„Ich kann mich nicht mehr erinnern", murmelte das Mädchen.

„Da habt ihr die menschliche Dankbarkeit!", sagte Kaggi-Karr vorwurfsvoll.

„Aber lassen wir das. Ich bin sehr froh, dass du, Ann, dein Freund Tim und das Hündchen Arto endlich da seid. Nur eins kann ich nicht verstehen: Wie habt ihr in Kansas erfahren, dass wir wieder in Not sind und Hilfe brauchen?"

Bei diesen Worten sprang Kaggi-Karr dem Mädchen auf den Schoß und schmiegte sich an, als erwarte sie, liebkost zu werden. Ergriffen von dieser Zärtlichkeit, streichelte Ann das glatte Gefieder des Vogels.

„Das kam zufällig", sagte sie. „Wir hatten keine Ahnung, dass der böse Urfin die Macht wieder an sich gerissen und den Scheuch und den Eisernen Holzfäller erneut gefangen hielt."

Ann erzählte ausführlich von ihrem Wunschtraum, das Zauberland zu besuchen, von den mechanischen Maultieren, die Fred Cunning angefertigt hatte, und davon, wie sie und Tim die schwarzen Steine Gingemas überlistet hatten ... Zuletzt führte Ann der Krähe noch den Zauber des Silberreifs vor.

„Bei allen Segeln der Welt, hätte dein Onkel, der Riese von der anderen Seite der Berge, gesagt", rief die Krähe aus, als das niedliche Gesichtchen Anns wieder auftauchte. „Das ist die wunderbarste Geschichte, die ich jemals gehört habe! Vom Silberreif hatten die Vögel mir erzählt, aber eins ist es, zu hören, etwas ganz anderes aber, selbst zu sehen. Mit dem Reif werden wir den tückischen Landräuber bestimmt besiegen und unsere Freunde befreien! In der Nähe des Stadttores steht ein alter Turm, in dessen Keller der Eiserne Holzfäller und der Scheuch eingesperrt sind. Noch weiß ich nicht, wo sich Faramant und

Din Gior befinden, aber mithilfe des Zauberkastens werden wir auch das herausbekommen."

In wenigen Worten unterrichtete Kaggi-Karr ihre neuen Freunde über den rosa Kasten und seine Eigenschaften.

Man beschloss, dass die Krähe auskundschaften solle, wo sich der Fernseher befinde. Zu bedenken war freilich, dass Urfin die Krähe kannte und bei ihrem Anblick Verdacht schöpfen würde.

„Ihr könnt ja unsichtbar hinfliegen", sagte Ann.

Kaggi-Karr plusterte sich auf vor Stolz. Das Mädchen legte ihr den Silberreif auf, der sich sogleich zusammenzog und genau auf den Hals der Krähe passte. Dann berührte Ann den Rubinstein, worauf der Vogel verschwand. Nur am Flügelschlag war zu erkennen, dass er fortflog.

Eine geschlagene Stunde blieb Kaggi-Karr weg, und diese Stunde kam Ann und Tim schrecklich lange vor. Dann kündigte der bekannte Flügelschlag die Rückkehr der Kundschafterin an. Den Reif absetzend, erstattete Kaggi-Karr Bericht.

Der Kasten, sagte sie, stehe in einer Wandnische des Thronsaales. Hätten ihre Kräfte ausgereicht, sie hätte ihn mitnehmen und herbringen können, denn der Thronsaal war völlig leer.

An diesem Tag war an einen erneuten Flug in den Palast nicht mehr zu denken, denn die Sonne ging bereits unter. Tim sagte, er wolle am nächsten Morgen selbst hingehen, nur müsse ihm Kaggi-Karr den Weg zeigen.

Die Königin der Feldmäuse

Den Talisman auf dem Kopf und die Krähe auf der Schulter, machte sich Tim am nächsten Morgen auf den Weg. Ann blieb unter dem Schutz Artos zurück. Falls ihnen Gefahr drohen sollte, sagte Tim, sollten sie sich sofort im Keller verstecken.

Früher war jeder, der in die Smaragdenstadt kam, verblüfft gewesen von ihrer Pracht: den schönen Häuserfassaden, den Springbrunnen, den wehenden Fahnen, den funkelnden Smaragden und dem wogenden Strom der Menschen in den bunten, schönen Kleidern …

Die Herrschaft Urfins hatte all dem ein Ende gemacht. Die Fahnen waren eingezogen, die Springbrunnen versiegt, die Smaragde waren aus den Fassaden herausgebrochen und in der königlichen Abstellkammer versteckt, die Einwohner aus der Stadt vertrieben worden. In den Straßen konnte man lediglich Marranen mit ihren großen Köpfen sehen. Tim passte auf, dass es zu keiner unerwünschten Begegnung kam. Er hatte mit der Krähe ausgemacht, dass sie mit dem Schnabel sein rechtes oder linkes Ohr berühre, wenn er nach rechts oder links einschwenken solle. Das war ein guter Einfall, denn die krächzende Stimme der Krähe, die beim besten Willen nicht leise sprechen konnte, wäre der Umgebung bestimmt aufgefallen.

Von der Krähe geleitet, erreichte Tim ohne Zwischenfall den Thronsaal, der glücklicherweise leer war. Augenblicklich nahm der Junge den magischen Kasten aus der Nische und wandte sich dem Ausgang zu. In diesem Augenblick wurden Schritte hörbar. Tim blieb wie angewurzelt stehen, da trat Urfin in den Saal. Der Junge erkannte ihn an den grellen Kleidern, den buschigen schwarzen Brauen und dem bösen Blick. Dem Jungen kam der verwegene Gedanke, der Herrschaft des Bösewichts mit einem Schlag ein Ende zu machen.

‚Wenn ich ihn erschlage, sind wir alle Sorgen los … Zwar habe ich keine Waffe, aber mit diesem schweren Kasten wird es sich doch auch machen lassen!', ging es ihm durch den Kopf.

Ohne lange zu überlegen, erhob der kräftige Junge den Fernseher und schlug ihn mit aller Wucht auf den Kopf des Königs. Urfin fiel mit einem Aufschrei zu Boden. Sein Schädel war jedoch viel härter, als Tim gedacht hatte, und außerdem hatte der Kasten ihn nicht voll getroffen, sondern nur gestreift.

Auf den Schrei hin stürzten Kabr Gwin, Enkin Fled und Wachen in den Saal.

„Alle Türen und Fenster schließen! Feinde sind in den Palast eingedrungen!“, brüllte der König.

Um die Aufmerksamkeit Urfins und seines Gefolges abzulenken, löste sich Kaggi-Karr von Tims Schulter und flog krächzend durch den Saal. Gwin und die Marranen stürzten ihr nach, und es entstand ein entsetzlicher Tumult. Unterdessen rannte der unsichtbare Tim durch Fluren und Hallen, in der Hoffnung, den Ausgang zu finden. Etwa fünf Minuten narrte die umherflatternde Kaggi-Karr die Häscher und entkam schließlich durch eine offene Fensterklappe. Aufgeregt und zerzaust kehrte sie in das Häuschen zurück, in dem sich Ann und Arto verbargen.

„Was ist geschehen? Wo ist Tim? Habt ihr den Kasten gefunden?“, rief das Mädchen entsetzt.

Als die Krähe ihr den Vorfall erzählte, schlug es die Hände über dem Kopf zusammen:

„Oh, der Unglückliche! Er ist verloren!“

„Möglich“, sagte Kaggi-Karr trocken. „Ich habe die Leute zwar eine Zeit lang abgelenkt, aber Tim konnte sich verirrt haben und ihnen in die Hände gefallen sein …“

Ann begann bitter zu weinen.

„Heule nicht, da bin ich!“, hörte sie plötzlich Tims Stimme.

Da stand er nun im Türrahmen, den rosa Kasten in den Händen. Er war gerade in dem Augenblick aus dem Fenster gesprungen, als der Herrscher es zuschlagen wollte.

Das Mädchen freute sich sehr, obwohl es Tim wegen seines Leichtsinns schalt.

„Was hast du nur angerichtet!“, rief Ann. „Jetzt weiß Urfin, dass

Freunde des Scheuchs auf der Insel sind, und er wird bestimmt seine Vorkehrungen treffen."

Tim wurde abwechselnd rot und blass vor Reue. Doch dann entgegnete er: „Nach dem Verschwinden des Kastens hätte Urfin sowieso Verdacht geschöpft."

„Ja, aber das hätte noch eine Weile gedauert. Außerdem hätte er ja alles Mögliche annehmen können, jetzt aber weiß er, woran er ist."

„Und ob – nach dieser Kopfnuss!", rief die Krähe.

Über diese Worte begannen unsere Freunde schallend zu lachen. Sie stellten sich lebhaft das Entsetzen Urfins vor, als ihn der Schlag aus dem Nichts traf. Tim sagte: „Ich hätte nicht gedacht, dass dieser Schuft einen so harten Schädel hat!"

Diese Worte lösten wieder Heiterkeit aus.

„Jetzt müssen wir aber handeln", sagte Ann besorgt. „Ich fürchte, Urfin wird den Scheuch in ein anderes Gefängnis bringen lassen, und wir werden den Kasten nicht nutzen können, weil wir die magischen Worte nicht kennen."

„Sagt einmal, ist das nicht Raminas Pfeife?", fragte die Krähe, auf die Silberpfeife am Hals des Mädchens weisend.

„Ja", antwortete Ann. „Die hat mir meine Schwester geschenkt."

„Warum zauderst du dann?", rief die Krähe ungeduldig. „Ruf doch die Königin der Feldmäuse! Ramina wird uns bestimmt helfen!"

Ann schämte sich, nicht selber darauf gekommen zu sein. Sie blies dreimal in die Pfeife, worauf ein Scharren hörbar wurde ... Tim konnte Arto, dessen Jagdinstinkt plötzlich erwachte, gerade noch am Halsband packen, da stand schon die Mäusekönigin vor ihnen.

„Verzeiht, Eure Majestät, die Unhöflichkeit des Hundes", sagte Ann zu der Königin. „Ich habe Euch gerufen, weil wir dringend Eure Hilfe brauchen."

Ramina erkannte sofort, dass es nicht Elli war, die zu ihr sprach.

„Guten Tag, meine Liebe", sagte sie. „Ich bin über Eure Ankunft längst unterrichtet, nur geziemte es meiner Würde nicht, ungerufen zu kommen. Ihr seid natürlich Ellis Schwester. Wie heißt Ihr doch?"

Ann nannte ihren Namen und stellte der Königin auch Tim und Arto vor. In wenigen Worten erklärte sie, was sie von der Königin begehrte. Ramina überlegte.

„Der Scheuch ist im Keller eines alten Turms eingesperrt. Ihr wollt die Worte wissen, die den rosa Kasten in Wirkung setzen, nicht wahr? Nun, Ihr sollt sie erfahren!"

Die Königin verschwand so plötzlich, dass Arto, der sich losgerissen hatte, mit den Zähnen nur die Luft schnappte. Ramina war eine mächtige Fee, besaß unter anderem die Fähigkeit, sich augenblicklich an jeden beliebigen Ort zu versetzen. Eine Sekunde später befand sie sich schon in dem Keller, in dem der Holzfäller und der Scheuch lagen. Ungestüm begrüßten sie die Königin. Als sie erfuhren, wer sie zu ihnen geschickt hatte, kannte ihre Freude keine Grenzen.

„Ann Smith, die Schwester unserer lieben kleinen Elli ist von der anderen Seite der Berge mit einem wunderbaren Pferd, das Sonnenstrahlen frisst, zu uns gekommen! Oh-ho-ho-ho, wie ich mich freue!"

Der Scheuch sang und hüpfte, obwohl seine schwachen Beine ihm kaum gehorchten. Der Holzfäller aber legte die Hand auf die Brust und rief: „Oh, wie viel Liebe und Zärtlichkeit birgt meine Brust! Ich will meine Gefühle unserer neuen Freundin schenken, der Schwester unserer lieben Elli."

Auf Raminas Bitte sprach der Scheuch die magischen Worte.

„Werden Eure Majestät sie auch nicht vergessen?", fragte er.

„Keine Sorge, ich habe ein gutes Gedächtnis", kicherte die Königin und verschwand. Das geschah keinen Augenblick zu früh, denn hinter der Tür wurden laute Stimmen hörbar. Sie rührten von den Marranen her, die gekommen waren, um die Häftlinge in ein anderes Gefängnis zu überführen. Allerdings konnte das Urfin jetzt nichts mehr nützen.

Ramina kehrte zu Ann und Tim zurück. Alle Anwesenden, einschließlich der Krähe und des Hündchens, lernten die Zauberworte auswendig, denn man konnte nicht wissen, ob dem einen oder anderen nicht etwas zustoßen werde. Die Königin erkundigte sich nach dem Schicksal ihrer Bekannten im Land jenseits der Berge, wobei die meisten Fragen natürlich Elli betrafen.

„Ich habe ihr prophezeit, dass sie in das Zauberland nicht mehr zurückkehren wird, und meine Vorhersage hat sich bewahrheitet", sagte Ramina stolz. „Wir Feen haben die Gabe, die Zukunft vorauszusehen."

Auf die Frage, wie der Kampf Anns und ihrer Freunde gegen Urfin ausgehen werde, blieb Ramina jedoch die Antwort schuldig.

Ann erzählte, dass Elli im College studiere und bald Lehrerin sein würde, was die Königin sehr löblich fand.

„Elli ist so zärtlich und lieb zu den Kindern, dass sie bestimmt eine hervorragende Lehrerin sein wird", versicherte Ramina.

Dann fragte sie noch, wie es dem einbeinigen Seemann Charlie Black und dem wackeren Fred Cunning gehe.

„Prächtige Burschen – sie verdienen es, glücklich zu sein", sagte Ramina.

Als sie erfuhr, dass Fred die wunderbaren Maultiere hergestellt hatte, mit denen Ann und Tim in das Zauberland gekommen waren, begehrte Ramina, sie zu sehen. Ann versprach, ihren Wunsch zu erfüllen.

Man trennte sich freundschaftlich. Die Abschiedsszene wurde allerdings von Arto verdorben, der sich wieder losgerissen hatte und laut bellte.

Im neuen Gefängnis

Nach dem Abgang der Mäusekönigin beschloss Ann, den Fernseher auszuprobieren, da sie befürchtete, dass er beim Handgemenge im Palast beschädigt worden sei. Sie stellte den Kasten auf den wackligen Tisch, der im Zimmer stand, und sprach erregt die Zauberworte:

„Birelija-turelija, buridakl-furidakl,
es röte sich der Himmel, es grüne das Gras,
Kasten, Kästchen, zeig mir bitte dies und das!"

Die Mattscheibe begann zu flimmern und zeigte einen Weg, auf dem der Holzfäller und der Scheuch, von Wachen umgeben, dahinwankten.

„Man bringt sie in ein anderes Gefängnis!", rief Ann.

Auf den Holzfäller gestützt, schleppte sich der Scheuch mühsam dahin. Seine Beine knickten bei jedem Schritt ein, und der Kopf lag ihm fast auf der Brust. Man sah, dass er völlig erschöpft war. Nicht viel besser stand es um den Holzfäller. Selbst im Apparat konnte man seine ungeölten Gelenke knacken hören.

Obwohl Ann den Scheuch zum ersten Mal sah, erkannte sie ihn sofort – nicht umsonst hatte die Schwester ihr so oft von ihm erzählt. Ja, ihr schien sogar, als habe sie viele Male neben ihm gesessen, seine molligen Hände gehalten und ihm den klugen, mit Sägespänen gefüllten Kopf gestreichelt …

„Du Armer", flüsterte Ann unter Tränen. „Was haben sie nur aus dir gemacht!"

Man hörte, wie der Holzfäller seinem Gefährten Mut zusprach. Als dies nicht half, nahm der eiserne Mann den Scheuch auf die Arme und trug ihn wie eine liebevolle Mutter ein krankes Kind.

Wackerer Holzfäller! Dein liebevolles Herz war immer treu, selbst in den schwersten Stunden … Ach, würden die Menschen aus Fleisch und Blut sich so verhalten wie du, wie viel schöner wäre das Leben auf Erden!

Die zeitweilige Herrscherin der Smaragdeninsel, die weniger empfindlich war als die anderen Zuschauer, beobachtete kühl, wohin die Marranen die Häftlinge führten. Von Zeit zu Zeit krächzte sie leise:

„Kreuzung der zwei Eichen … Erdbeerhügelfarm … Und jetzt? Ach so, da ist die Verliebtenbrücke … Oh, nun weiß ich, wohin man sie führt", rief sie plötzlich freudig: „Auf das Gut von Ol Burn!"

„Worüber freut Ihr Euch denn?", fragte Ann missmutig.

„Wie soll ich mich nicht freuen?", erwiderte die Krähe, „wo ich doch jeden Stein und jeden Strauch dort kenne. Wenn man sie jetzt in den Gemüsekeller sperrt … Ganz richtig, und da ist er ja schon!"

Kaggi-Karr bog sich vor Lachen.

Auf die stumme Frage ihrer Freunde sagte sie:

„Das Dach dieses Kellers hat ein Loch, durch das ich schon eine Menge Äpfel und Birnen geklaut habe. Ha, ha, ha!“

Anns und Tims Gesichter hellten sich auf. Aus den Worten der Krähe wurde ihnen klar, dass sie von nun an eine Verbindung mit dem Holzfäller und dem Scheuch haben würden. Ihre Freude steigerte sich noch mehr, als der Bildschirm einen Schuppen zeigte, in dem sie Din Gior und Faramant erblickten. Die Kinder erkannten den einen am langen Bart, den anderen an der grünen Brille, die er niemals absetzte.

„Hurra!“, frohlockte Tim. „Jetzt werden wir sie alle auf einmal befreien!“

In der Tat, jetzt war ihre Aufgabe viel leichter. Das Schicksal des langbärtigen Soldaten und des Hüters des Tores hatte ihnen große Sorgen bereitet, umso mehr, als sie nicht wussten, wo sie die beiden suchen sollten. Nun aber hatten sie die Möglichkeit, alle vier mit einem Schlag zu befreien.

Die Kinder baten den Kasten, er möge ihnen auch Urfin Juice zeigen, und im Nu ging ihr Wunsch in Erfüllung.

Urfin saß finsteren Angesichts auf seinem Thron. Tim verspürte große Genugtuung, als er eine riesige Beule auf dessen Kopf sah, die der Verband nur schlecht verdeckte.

Vor Urfin stand der Polizeichef, der dicke, rotschöpfige Enkin Fled.

„Ich fühle", sagte Urfin und rieb sich die Beule, „dass auf der Smaragdeninsel Freunde des Scheuchs, die ich nicht kenne, ihr Unwesen treiben. Vor acht Jahren hätte ich geschworen, dass wir es mit dem Mädchen Elli zu tun haben."

Um nicht loszuprusten, hielt Ann die Hand vor den Mund.

„Bring die Polizei und alle meine Räte und Anhänger auf die Beine!", fuhr Urfin fort. „Lass ausrufen, dass ich auf die Köpfe der unbekannten Feinde zehn … nein, fünf der größten Smaragde aus meiner Schatzkammer setze!"

Die Krähe bat, auf das Violette Land umzuschalten, denn sie wünschte Lestar zu sehen, den kleinen ruhigen Alten, der, wie Ann aus den Berichten Ellis wusste, ein sehr findiger Ingenieur war.

Der Bildschirm zeigte Lestar auf einem riesigen Erdhaufen, um den sich ein tiefer Graben hinzog, hinter dem steinerne Türmchen mit Schießscharten ragten.

„Sie bauen Befestigungen!", rief Tim. „Rellem hat die Wahrheit gesagt."

„Habt ihr denn daran gezweifelt?", fragte Kaggi-Karr streng. „Diese Information hat er doch von mir bekommen!"

Die Krähe hatte vom Scheuch viele unbekannte Wörter übernommen, mit denen sie von Zeit zu Zeit ihre Rede ausschmückte.

Anns Herz begann heftig zu klopfen, als sie hinter dem Erdhaufen den Löwen hervortreten sah. Er sagte zum Ingenieur:

„Freund Lestar, Euer Werk macht gute Fortschritte. Aber seid Ihr sicher, dass Urfin uns nicht überrascht, bevor es fertig ist?"

„Ich habe Vorkehrungen getroffen", erwiderte Lestar. „Die ganze Straße bis zur Smaragdeninsel wird von Vögeln überwacht, denen hölzerne Boten beigegeben sind. Sobald Urfins Armee sich in Marsch setzt, werden wir in wenigen Stunden darüber unterrichtet sein. Vorläufig gibt es keinen Grund zur Aufregung."

„Man sieht, dass er durch die Schule des Feldmarschalls Din Gior gegangen ist", sagte die Krähe voller Hochachtung. „Ich werde Lestar zum zeitweiligen Herrscher des Violetten Landes ernennen. Ich glaube, er ist der geeignete Mann für dieses hohe Amt. Gleich heute will ich den Befehl über die Vogelstaffel weitergeben. Wie ich sehe, ist auch der Löwe eingetroffen. Das lob ich mir. Und jetzt lasst uns mal sehen, wie es bei den Käuern steht. Wie weit mag wohl Oberst Chart gekommen sein?"

Wieder hatten die Zuschauer Grund zum Staunen: Der Bildschirm zeigte ein heiteres blaues Dorf. Vor blauen Häusern spielten auf der Straße Kinder in blauen Hemden und blauen Höschen.

Zwei Frauen in blauen Kleidern, die Krüge auf den Köpfen trugen, führten ein Gespräch. Eine von ihnen beendete gerade einen Satz:

„… jetzt verstehen Sie, wie ich mich freue, dass wir nicht mehr in dem alten Loch wohnen. Meine kleine Rin hat so schrecklich gehustet …"

„Das haben wir den tapferen Erzgräbern zu verdanken", sagte die andere. „Ei, wie sie die frechen Eroberer verdroschen haben!"

„Ja, es war unser Glück, dass sie die Höhle verlassen und sich in der oberen Welt angesiedelt haben", beendete die erste Frau das Gespräch und ging, den blauen Krug auf ihrem Kopf festhaltend, weiter.

Anns und Tims Augen glänzten vor Freude. „Es sieht aus, als seien die Marranen auch dort besiegt worden. Unfassbar …", sagte Tim.

Ann schaltete den Apparat auf andere Käuerdörfer, und überall konnte man ein Bild friedlicher Arbeit und froher Geschäftigkeit sehen.

„Oh, da ist ja die Erzgräberstadt!", rief Ann.

Der Bildschirm zeigte eine Straße mit einem Wall, den Erzgräber auseinander nahmen. Unter ihnen befanden sich gefangene Marranen, die emsig mithalfen.

„Hurra! Der Sieg ist unser!", rief Tim ungestüm. Es bestand kein Zweifel mehr, dass Urfins Eroberungspläne sowohl im Osten als auch im Westen gescheitert waren. Die Kinder frohlockten. Nur die Krähe äußerte ihre Unzufriedenheit über die schlecht funktionierende Verbindung auf dieser Linie.

„Ich werde wohl eine Reform durchführen müssen", sagte Kaggi-Karr mit wichtiger Miene. „Man wird ihnen dort einen Verweis erteilen und die Führung absetzen müssen."

Ja, die Zeiten hatten sich geändert. Jetzt war es nicht mehr wie vor neun Jahren, als Urfin mit seinen Holzköpfen wie ein Sturm über das Land fegte und sich alles unterwarf. Die schweren Prüfungen hatten die Völker vieles gelehrt. Die Menschen hatten ihr Schicksal in ihre eigenen Hände genommen und trotzten dem Eroberer. Auch waren sie jetzt im Kampf gegen den Feind nicht mehr so sehr auf fremde Hilfe angewiesen.

Die Aufgabe Anns und ihrer Freunde war nun viel einfacher: Sie mussten vor allen Dingen die Gefangenen befreien und dann Urfin den letzten Schlag versetzen.

Es dunkelte, als die Kinder sich vom Fernseher lösten. Zum letzten Mal warfen sie noch einen Blick auf den Scheuch und seine Freunde, die in der Gefangenschaft schmachteten. Din Gior und Faramant legten sich schlafen, während der Holzfäller den Scheuch zum Trocknen unter die Strahlen der untergehenden Sonne stellte, die durch das kleine Fenster hereinschien.

Ann sagte: „Kasten, Kästchen, mach jetzt Schluss, wir danken dir für den Genuss!"

Der Fernseher erlosch.

„Morgen bei Tagesanbruch", sagte die Krähe, „werde ich zu den Gefangenen fliegen und sie trösten. Ich werde ihnen erzählen, was ich heute gesehen habe." Plötzlich machte sie eine tiefe Verbeugung vor dem Kasten und murmelte: „Verzeih mir dummem Vogel, dass ich so respektlos von dir sprach. Jetzt habe ich mich überzeugt, dass du das größte Wunder in unserem Land bist!"

Das Schlafwasser wird wieder gebraucht

Am Morgen besuchte Kaggi-Karr die Gefangenen im Schuppen Ol Burns. Eine Flucht war unmöglich, weil der Schuppen dicke Wände und feste Türen hatte, vor denen schlaflose Nuch-Nuch-Trinker Tag und Nacht Wache hielten.

Zurückgekehrt erzählte die Kundschafterin, was sie gesehen hatte. Sie schloss ihren Bericht mit den Worten:

„Solange wir die Wachen nicht einschläfern, werden wir unsere Freunde nicht befreien können. Da kann uns nur die Heilige Quelle helfen."

„Ihr meint die Zauberquelle, mit deren Wasser die unterirdischen Könige eingeschläfert wurden?", fragte Ann.

„Genau", erwiderte Kaggi-Karr. „Der Weg ist zwar lang und beschwerlich, aber ich sehe kein anderes Mittel."

Das war einleuchtend.

Man beschloss, noch am selben Tag aufzubrechen. Kaggi-Karr suchte erneut die Gefangenen auf und sagte ihnen, sie sollten sich noch ein paar Tage gedulden.

Vor dem Aufbruch wollte Ann noch einmal das Land der unterirdischen Erzgräber sehen, aber der Kasten blieb finster und stumm. Er konnte die Höhle nicht zeigen, weil sie tief unter der Erde lag und keinen Lichtstrahl einließ. Um den schweren Fernseher nicht mitschleppen zu müssen, beschloss man, ihn neben dem Haus zu vergraben.

Die Maultiere lagen dort, wo man sie zurückgelassen hatte. Drei Stunden lang hatte sie die Sonne beschienen und derart aufgeladen, dass sie beim Anblick Anns und Tims wie wild zu schnauben und zu wiehern begannen.

Ann und Tim, die die Gefangenen möglichst schnell befreien wollten, ließen jede Vorsicht außer Acht und ritten in rasendem Galopp. Wie der Wind brausten sie an den Wachtposten vorbei, die kaum die Umrisse der seltsamen Tiere erkennen konnten. Die Disziplin der Wachen hatte stark nachgelassen, woran die versprengten Soldaten aus dem Regiment Charts schuld waren, die schreckliche Geschichten von fliegenden Ungeheuern und sechsfüßigen Tieren erzählten, die immer näher kamen und gewiss bald da sein würden.

Tim war voller Zuversicht. Noch bevor die nicht allzu eifrigen Boten die Smaragdeninsel erreichen und Urfin von der nahenden Gefahr benachrichtigen konnten, würden die Kinder in der Höhle gewesen und mit dem Schlafwasser zurückgekehrt sein.

Drei Tage später standen unsere Freunde vor dem Tor des unterirdischen Reichs. Kaggi-Karr sagte, sie wolle lieber draußen warten.

„Ich verspüre keine Lust, mich in dieser Höhle herumzutreiben. Ich habe genug von ihr gesehen, als ich mit dem Scheuch und dem Holzfäller da war“, sagte die Krähe mürrisch. „Lieber wärme ich mich derweilen in der Sonne.“

Ann erschauerte bei dem Gedanken, dass sie bald das wunderbare Land betreten werde, wo ihre Schwester so viele spannende Abenteuer erlebt hatte.

Ewiger Herbst lag über den Fluren und Hügeln des riesigen Reichs, das sich vor den Kindern auftat. Da war alles rot, gelb und braun. Hoch oben rauchten goldgelbe Wolken unter steinernem Gewölbe. Ein majestätisches, aber trauriges Reich …

Eiskalt lief es Ann über den Rücken.

„Stell dir nur vor", sagte sie leise zu Tim, „wie viele Geschlechter hier ihr Leben verbracht haben, ohne auch nur einmal das Licht der Sonne zu sehen … Die Armen!"

Still und leer lag das Land vor ihnen. Aus weiter Ferne drang der gedämpfte Lärm einer Fabrik, in der Metalle bearbeitet wurden.

Die Maultiere rasten über eine ausgefahrene Straße dahin. Nach und nach begannen sich die Kinder an die Umgebung zu gewöhnen. In der Ferne gewahrten sie die Stadt, in deren Mitte sich der Palast der unterirdischen Könige erhob. Die in allen Farben des Regenbogens gestrichenen Türme waren verblasst, der Verputz von den Mauern abgebröckelt und viele Ziegel herausgefallen. Die unterirdische Stadt verfiel …

Ein Geräusch ließ die Kinder aufblicken. Voller Entsetzen gewahrten sie über ihren Köpfen ein Ungeheuer, das mit ausgebreiteten Flügeln auf sie zukam.

Ein Drache!

Ann und Tim schlossen die Augen und bedeckten ihre Gesichter mit den Händen. Ihnen war, als würde der aufgesperrte Rachen des Ungeheuers sie im nächsten Augenblick verschlingen. Da hörten sie eine heisere, aber freundliche Bassstimme, und als sie in die Richtung blickten, aus der sie kam, gewahrten sie einen Mann, der ihnen aus dem Fabriktor entgegenlief. Er fuchtelte mit den Händen und rief:

„Keine Angst, der Drache tut euch nichts, es ist Oicho!"

Ja, das war Oicho, der ganz allein ein Marranenregiment in die Flucht geschlagen hatte. Jetzt kam er aber in freundlicher Absicht. Er hatte nämlich sogleich erkannt, dass die Reiter ein Junge und ein Mädchen waren und dass das Mädchen genau wie Elli aussah, die er einst in ihre Heimat geflogen hatte.

Die Kinder betrachteten neugierig den Drachen, der wie zum Gruß über ihren Köpfen kreiste. Plötzlich wurde der Schritt ihrer Maultiere immer langsamer. Cäsar und Hannibal bewegten sich kaum noch, stolperten einmal über das andere und sanken schließlich seufzend zu Boden.

Die Kinder konnten gerade noch aus den Satteln springen. Verwundert starrten sie die unbeweglichen Tiere an. Cäsar konnte gerade noch sagen:

„Alle Energie ver…"

Er konnte den Satz nicht zu Ende sprechen. Die wunderbaren Tiere waren in der dunklen Unterwelt, in die kein Sonnenstrahl drang, völlig hilflos.

„Was fangen wir jetzt nur an?", fragte Ann.

Tim zuckte mit den Schultern. In diesem Augenblick trat der Mann, den sie aus dem Fabriktor hatten laufen sehen, auf sie zu. Er war hoch gewachsen und hatte ein schönes blasses Gesicht.

„Elgaro, Gehilfe des Herrschers Rushero", stellte er sich vor. „Ich nehme an, dass Ihr die Schwester Ellis seid, die vor acht Jahren bei uns war."

„Genau", sagte Ann und nannte ihren und ihres Freundes Namen.

„Es freut mich, Euch und Euren Freund in der Höhle willkommen zu heißen. Sie ist heute zwar nicht mehr so belebt wie zu der Zeit, als Eure Schwester bei uns weilte. Das kommt daher, dass wir jetzt in der oberen Welt leben und jedes Jahr nur für einen Monat abwechselnd herkommen, um in der Fabrik oder in der Grube zu arbeiten."

„Ich weiß es, das hat mir Euer Herrscher Rushero erzählt."

„Ich sehe, Ihr seid in Verlegenheit", fuhr Elgaro fort. „Ist den Tieren etwas zugestoßen? Kann ich Euch vielleicht helfen?"

Ann begann zu erzählen. Über die Niederlage der Marranen war Elgaro bereits unterrichtet, nur wusste er nicht, dass der Scheuch und der Eiserne Holzfäller gefangen waren.

„Das tut mir schrecklich leid", sagte der Erzgräber. „Ich habe den Scheuch und den Eisernen Holzfäller gesehen, als sie vor acht Jahren hier waren, und sie in bester Erinnerung behalten. Sie traten sehr würdevoll auf, als wären sie die geborenen Herrscher ihrer Völker."

„Ihr könnt sie aus der Not befreien helfen", sagte Ann, „wenn Ihr uns ein Paar Flaschen Schlafwasser gebt."

„Das Schlafwasser wird nur mit schriftlicher Erlaubnis unseres Herrschers Rushero ausgegeben", sagte Elgaro. „Aber angesichts der besonderen Umstände will ich eine Ausnahme machen. Ich möchte Euch auch sagen, meine liebe Ann und Tim, dass das Wasser seine Eigenschaften nicht lange bewahrt. Ihr müsst die Flaschen gut verkorken und das Wasser so schnell wie möglich seinem Zweck zuführen."

„Wir werden uns die größte Mühe geben", versicherte Tim.

Auf Elgaros Befehl trug der Drache die Maultiere, eines nach dem anderen, behutsam zum Ausgang der Höhle. Dorthin brachte er auch Tim, damit dieser die Tiere in die Sonne stelle, wo sie sich wieder aufladen konnten. Als der Drache zurückkehrte, band Elgaro ihm eine Sänfte auf den Rücken (es war dieselbe, in der einst Elli und Fred gereist waren) und kommandierte: „Zur Schlafwasserquelle!"

Ann stockte das Herz, als sich der Drache mit rauschendem Flügelschlag in die Luft erhob.

Nach kurzer Zeit kehrten die Kinder mit zwei Flaschen Schlafwasser in das Häuschen zurück.

Die Reise hatte alles in allem nur eine Woche gedauert.

Die Befreiung

Nach Anns und Tims Rückkehr flog die Krähe wieder zu Din Gior und Faramant und sagte ihnen, sie sollten sich in der kommenden Nacht nicht schlafen legen und auch das Wasser nicht anrühren, das die Aufseher mitbringen würden.

Dem Scheuch und dem Holzfäller brauchte Kaggi-Karr das nicht zu sagen, denn die beiden hatten niemals das Bedürfnis, zu schlafen, zu essen oder zu trinken.

In der Nacht löste der Scheuch gewöhnlich arithmetische Aufgaben. Er hatte es darin so weit gebracht, dass er im Kopf eine beliebige dreistellige Zahl mit einer anderen multiplizieren konnte. Allerdings waren jetzt seine geistigen Fähigkeiten geschwächt, da man ihm schon lange das Gehirn nicht gewaschen hatte. Der Holzfäller wiederum dichtete jede Nacht rührende Briefe an Elli. Da er aber nicht schreiben konnte, blieben die Briefe unabgesandt.

Tim begann die Befreiung der Gefangenen vorzubereiten. Vor allem musste das Wasser, das die Wachen tranken, gegen Schlafwasser vertauscht werden. In einer verlassenen Farm fand Tim einen Krug, der genauso aussah wie der, den die Wachen benutzten. Es gelang dem Jungen, sich unbemerkt in die Wachstube zu schleichen und die Krüge zu vertauschen.

Nach einem kräftigen Abendessen pflegten die Marranen immer viel zu trinken. Das taten auch die Wachsoldaten. Ein jeder nahm ein paar tüchtige Züge aus dem Krug, worauf ihnen die Köpfe schwer wurden und sie in einen todesähnlichen Schlaf fielen.

„Vor denen haben wir eine Weile Ruhe!", frohlockte Tim, der die Szene durch das kleine Fenster beobachtet hatte. „Jetzt darf ich mich wieder sichtbar machen."

Er schob den Riegel an der Außenseite der Gefängnistür zurück und trat in das Gelass. „Freunde, ihr seid frei, folgt mir!", rief Tim.

Der Holzfäller lief auf ihn zu und schloss ihn in seine eisernen Arme. Wäre das früher geschehen, als der Herrscher der Zwinkerer noch bei voller Kraft war, hätte der Junge diese Umarmung kaum überstanden. Jetzt kam er lediglich mit ein paar Quetschungen und blauen Flecken davon.

Die Befreiten folgten Tim zu dem Häuschen, das glücklicherweise in der Nähe lag. Der Eiserne Holzfäller trug den Scheuch auf der linken Schulter. In der rechten Hand hielt er eine schwere Keule, die er einem schlafenden Aufseher abgenommen hatte. Din Gior machte weit ausholende Schritte und streichelte seinen prächtigen Bart, Faramant trippelte keuchend hinter ihm her.

Die Aufseher erwachten schon am frühen Morgen, weil das Zauberwasser, das sie getrunken hatten, bereits drei Tage alt war, weshalb es nicht so lange wirken konnte wie frisches.

Zu ihrem Entsetzen gewahrten die Marranen, dass die Gefangenen geflohen waren.

Aus Angst vor der Strafe, die Urfin ihnen für den Fall eines Ausbruchs der Gefangenen angedroht hatte, flohen die Wachsoldaten in ihre Heimat.

Das Merkwürdigste an dieser Geschichte aber war, dass diese Marranen nach ihrer Heimkehr kein Verlangen nach dem Nuch-Nuch-Getränk verspürten, das sie früher nicht entbehren konnten. Das Schlafwasser hatte sie von der Trunksucht geheilt. Sie hatten jetzt

weder Schwindelanfälle noch sahen sie Gespenster, waren wieder guter Stimmung und schliefen nachts wie alle anderen Menschen.

Die Heilkraft des Schlafwassers sprach sich bald im ganzen Zauberland herum, und leidenschaftliche Nuch-Nuch-Trinker zogen jetzt in Scharen zur Höhle, um sich von der verderblichen Angewohnheit zu heilen.

Die Maultiere erwarteten, Energie geladen, Tim und die befreiten Gefangenen vor dem Häuschen, in dem Ann, Arto und Kaggi-Karr sich verbargen. Man beschloss, sofort weiterzuziehen. Tim nahm den Scheuch, Ann Faramant in den Sattel. Der langbeinige Din Gior, der ein guter Geher war, blieb hinter den anderen nicht zurück, ebenso wenig wie der Eiserne Holzfäller, der, nebenbei gesagt, so schwer war,

dass ihn weder ein lebendes noch ein mechanisches Maultier hätte tragen können.

Der silberne Reif ruhte wieder auf Anns Kopf. Sie konnte ihn jetzt allerdings nicht benutzen, um sich und ihre Gefährten unsichtbar zu machen, denn die Schar war mittlerweile recht groß geworden. Unsere Freunde verließen sich also auf ihren glücklichen Stern und zogen beherzt nach Südost, wo das Land der Zwinkerer lag, in dem sie der tapfere Löwe und Lestar erwarteten. Dort würden sie es mit Urfin aufnehmen können, falls er sich erdreisten sollte, ihnen ins Gehege zu kommen.

Am Morgen hatten die Reisenden bereits ein gutes Stück Weges hinter sich gebracht, und da sie müde waren, beschlossen sie, im Wald Rast zu machen. Erst jetzt hatten der Scheuch und der Eiserne Holzfäller die Möglichkeit, sich ihre Befreierin genauer anzusehen. Dem Eisernen Holzfäller begann das Herz in der Brust laut zu pochen, und der Scheuch fühlte, wie seine Kräfte wuchsen. Allerdings konnte das auch davon kommen, dass der Strohmann auf dem warmen Rücken Hannibals gesessen hatte und wieder fast trocken war.

Die beiden Freunde konnten sich an Ann gar nicht sattsehen. Sie versicherten ihr ein über das andere Mal, dass sie Elli wie aus dem Gesicht geschnitten sei. „Ihr erinnert uns lebhaft an die alte glückliche Zeit", sagten sie. Als Ann ihnen einen herzlichen Gruß von ihrer Schwester bestellte und beteuerte, dass Elli sie niemals vergessen habe, war der Holzfäller so gerührt, dass die Tränen in Strömen aus seinen Augen zu fließen begannen. Natürlich rosteten seine Kiefer sofort ein. Zum Glück hatte Tim in seinem Rucksack eine Flasche mit Öl, das er dem eisernen Mann in die Kiefer träufelte.

Faramant und Din Gior überschütteten ihre Retterin mit Dank. Wegen der schlechten Gefängniskost waren die beiden sehr abgezehrt, doch sie hielten sich wacker, scherzten und waren guter Laune. Die ganze Gesellschaft brach in ein schallendes Gelächter aus, als Faramant dem Hündchen eine grüne Brille aufsetzte, die er hinten einschnappen ließ.

Arto blickte verwundert um sich. Er konnte nicht begreifen, warum plötzlich alles grün war. Dann begann er zu knurren und nach Faramant zu schnappen. Erst als man ihm die Brille wieder abnahm, beruhigte er sich.

„Totoschka hat die grüne Brille gern getragen", sagte Faramant tadelnd.

Bei der langen Fußwanderung war Din Giors wallender Bart durch und durch verstaubt. Ann klopfte mit einem Ast den Staub aus dem

Bart, kämmte ihn sorgfältig und flocht aus ihm drei Zöpfe. Der Feldmarschall ließ sich diese Liebenswürdigkeit gern gefallen.

Nach einem bescheidenen Frühstück legte sich die Schar im Schatten der Sträucher nieder.

Während Tim, Din Gior und Faramant schliefen, musste Ann unzählige Fragen des Holzfällers und des Scheuchs über sich ergehen lassen. Die beiden wollten wissen, wie es Elli gehe, wie sie lerne, ob sie schon erwachsen sei, und so weiter und so fort. Dann begannen sie Ann über den guten Riesen von der anderen Seite der Berge und über Fred auszufragen.

Erst als sie bemerkten, dass dem Mädchen die Augen zufielen und ihre Zunge sich kaum noch bewegte, hielten sie verschämt inne. Ann fiel sofort in einen tiefen Schlaf.

Den ganzen Tag wurden der Holzfäller und der Scheuch nicht müde, die beiden Schwestern zu loben. Allerdings musste der Scheuch das Gespräch in einer recht unbequemen Lage führen, denn der Eiserne Holzfäller hatte ihn, damit er schneller trockne, mit dem Kopf nach unten an Hannibals Rücken geschnallt.

Am Abend fühlten sich unsere Freunde wie neugeboren. Zum Aufbruch war es noch zu früh. Da erinnerte sich Ann, dass sie der Mäusekönigin versprochen hatte, ihr die mechanischen Maultiere zu zeigen. Sie blies in die Pfeife, und in der Lichtung erschien Ramina mit mehreren Hofdamen.

„Guten Tag, Eure Majestät", sagte Ann. „Ich habe Euch gerufen, damit Ihr die Tiere sehen könnt, die uns hergebracht haben. Wir nennen sie Maultiere. Sind sie nicht schön?"

Ramina bewunderte die prächtigen Rappen mit dem glänzenden Fell. „Ihr sagt, sie brauchen kein anderes Futter als Sonnenstrahlen? Das ist freilich ein Wunder!"

„Wir nennen das nicht Wunder, sondern Erfindung", entgegnete Ann. „Echte Wunder gibt es nur in Eurem Land. Das sind die Silberschuhe Gingemas, der Zauberkasten Stellas, das magische Buch Willinas, der Silberreif Bastindas … auch die Zauberpfeife, auf deren

Ruf Ihr an jedem beliebigen Ort erscheint. Das nenne ich Wunder!"

Ramina lachte:

„Für uns sind das ganz gewöhnliche Dinge. Übrigens habt Ihr lange nicht alles aufgezählt, was Ihr unsere Wunder nennt. Ja, so hat Hurrikap, der große Zaubermeister, unser Land erschaffen. Er hat unseren Tieren die Gabe der Sprache verliehen, hat uns den ewigen Sommer geschenkt und diese Erde durch Berge und Wüste von der übrigen Welt abgeschieden. Dafür gebührt ihm Lob und Preis!"

„Lob und Preis!", echote die Schar der Zuhörer.

Die Maultiere begannen zu wiehern und mit den Hufen zu scharren, als wollten sie ihre Reiter zum Aufbruch mahnen.

„Wirklich fabelhafte Tiere, obwohl sie von der anderen Seite der Berge kommen!", sagte Ramina beim Abschied. „Ich wünsche euch allen eine recht gute Reise, meine Lieben, und merkt euch, falls ihr mich braucht, stehe ich euch jederzeit zur Verfügung."

Nach diesen Worten verschwand die Königin mit ihrem Gefolge.

Unsere Reisenden kamen wohlbehalten im Violetten Land an. Die verstreuten Marranentrupps, denen sie begegneten, wagten nicht, die Achtung gebietende Schar anzugreifen. Der Holzfäller und Din Gior, die ihre schweren Keulen schwangen, und die stampfenden und zähneknirschenden Maultiere flößten ihnen Furcht ein. Bei ihrem Anblick machten die Marranen einen weiten Bogen und eilten, so schnell sie konnten, Urfin Meldung zu erstatten. Ein von Urfin ausgeschickter Soldatentrupp unter Hauptmann Klems Kommando konnte die Schar nicht einholen und kehrte unverrichteter Dinge zurück.

Schließlich kam der Augenblick des lang ersehnten Wiedersehens.

Der Löwe, der mit fortschreitendem Alter sehr

empfindlich geworden war, konnte beim Anblick seiner alten Freunde – des Scheuchs, des Holzfällers, Din Giors und Faramants – vor Rührung kein Wort hervorbringen.

„Ist es möglich, dass ich zehn Jahre geschlafen habe und erst jetzt erwacht bin?“, fragte der Löwe. „Elli, Totoschka, seid ihr es wirklich? Unmöglich!“

Als man ihm alles erklärte, trat er an Ann heran und schmiegte sich an sie wie ein großer gutmütiger Kater. Und als das Mädchen mit seiner Schwanzquaste zu spielen begann, kollerten Tränen des Glücks aus den Augen des alten Löwen.

Die Freude, die die Zwinkerer überkam, als sie ihren Herrscher, von neuen Freunden umringt, wieder vor sich sahen, ist nicht zu beschreiben.

Sie führten einen feurigen Tanz auf, bei dem ihre violetten Kleider wallten und wirbelten, dass es Ann und Tim fast schwindlig wurde. Die drolligen Menschlein schnippten mit den Fingern und riefen voller Stolz, dass alles bei ihnen zum Besten stehe und jede Unbill sie meide, weil sie sich zu Ehren der Fee des Rettenden Wassers dreimal täglich wuschen.

Auch gelobten sie, ihren Nachkommen einzuschärfen, diesen heiligen Brauch streng zu befolgen.

Die Zwinkerer waren keineswegs betrübt, als sie erfuhren, dass das Mädchen, das der Eiserne Holzfäller und der Scheuch mitgebracht hatten, nicht die

Fee des Rettenden Wassers, sondern deren Schwester sei. Sie nannten sie kurzweg die Fee des Künftigen Sieges und führten sie zu Fregosa, der Köchin.

Die gute Frau brachte Ann ins Badezimmer, wo sie sie wusch und ihr das violette Kleid anzog, das Elli im Violetten Palast zurückgelassen hatte. Nach Ann nahm Fregosa sich Tim und Arto vor.

Der Scheuch und der Eiserne Holzfäller wurden einer Generalüberholung unterzogen.

Da man es nicht wagte, das kostbare Gehirn des Scheuchs herauszunehmen, hängte man seinen Kopf, ganz wie er war, zum Trocknen auf. Seine Kleider wurden gewaschen, geplättet und mit frischem Stroh ausgestopft und die Stiefel blank geputzt.

Einen herben Wiesengeruch ausströmend, trat der Scheuch vor Ann. Da seine Gesichtszüge ganz verschwommen waren, ließ sich das Mädchen Pinsel und Farbe bringen und malte ihm Augen, Nase und Mund auf. Noch ehe sie damit fertig war, begann der Strohmann laut zu singen:

„O-ho-ho-ho, ich bin wieder bei Ann, der lieben Ann, o-ho-ho-ho."

Trunken vor Glück, sang und hüpfte er, ohne sich vor den Umstehenden zu genieren, denn die Zwinkerer waren ja nicht seine Untertanen.

Den Eisernen Holzfäller nahmen die besten Meister des Landes unter Anleitung Lestars in Arbeit. Sie legten ihn auf einen Werktisch und werkelten einen vollen Tag an ihm herum. Er wurde in seine Bestandteile zerlegt, gelötet, geschmiert, wieder zusammengefügt und auf Hochglanz poliert. Sein Herz, mit frischen Sägespänen gefüllt und zugenäht, war jetzt wieder das gütigste und zärtlichste Herz im ganzen Zauberland.

Als der eiserne Mann vor sein Volk trat, glänzte er so stark, dass die Augen der Umstehenden zu tränen begannen. Die Schmiede hatten ihm eine neue Axt gemacht, da die alte bei Urfin geblieben war. Der Holzfäller schwang sie mit solcher Wucht empor, dass es nur so in der Luft pfiff, und rief drohend:

„Jetzt wollen wir sehen, wer sich mit mir zu messen wagt!"

Der schreckliche Betrug

Obwohl Urfin die Macht im Zauberland erobert hatte und sein sehnlichster Traum damit in Erfüllung gegangen war, fühlte er sich ebenso wenig glücklich wie zur Zeit seiner ersten Herrschaft. Der ehrgeizige Diktator wollte, dass alle Menschen ihn anbeteten, dass das Volk bei seinem Erscheinen in den Straßen und auf den Plätzen die Hüte in die Luft warf und in Jubelrufe ausbrach.

Das geschah jedoch nicht. Bei den Festgelagen bekam er immer dieselben Loblieder der wenigen Speichellecker zu hören, deren Anführer der Oberste Zeremonienmeister Kabr Gwin und der fette Oberpriester Krag waren. Auf die Straße aber wagte sich Urfin nicht mehr seit dem Tag, da ein von einem Dach fliegender Stein ihn beinahe erschlagen hätte. Urfin hegte den Verdacht, dass dieser Stein aus der Schleuder eines Marranen gekommen war.

Und die Macht! Wo blieb die Macht?

Aus dem Blauen Land, zu dessen Eroberung er das Eliteregiment des Obersten Chart ausgeschickt hatte, trafen versprengte Soldaten ein, ausgezehrte und abgerissene Gestalten, die dem König das Bild einer so schrecklichen Niederlage schilderten, dass er mehrere Nächte kein Auge schließen konnte und bei jedem Geräusch aufsprang und zum Fenster stürzte, um sich zu vergewissern, dass Rusheros Drachen nicht die Stadt angriffen.

Die geflüchteten Soldaten untergruben mit ihren Schauergeschichten den Kampfgeist des Militärs, und Urfin beeilte sich, sie fortzuschicken, weil sie, wie er sagte, nicht würdig seien, ihm zu dienen.

Nicht viel besser waren die Nachrichten, die aus dem Land der Zwinkerer im Osten kamen. Besorgt wegen des Ausbleibens jeder Meldung von Hauptmann Bois, schickte Urfin einen hölzernen Boten zu ihm. Dieser Bote, Véres, erzählte bei seiner Rückkehr, dass die Zwinkerer kurz nach dem Abzug der Truppe den Hauptmann und dessen Soldaten gefangen genommen und eingesperrt hatten. Übrigens, fügte der Bote

hinzu, habe er gesehen, dass man mit den Gefangenen milde umgehe, ihnen drei Mahlzeiten täglich gebe und sie sogar spazieren führe.

Der Scheuch und seine Freunde, fuhr Véres fort, seien aus dem Gefängnis geflohen und im Violetten Land eingetroffen. Dort befänden sich jetzt auch Menschen von der anderen Seite der Berge: ein Mädchen, das die Zwinkerer Fee des Künftigen Sieges nannten, und ein Knabe, der jeden Einwohner des Zauberlandes um einen Kopf überrage. Die beiden seien rittlings auf Tieren angekommen, die, wie es heißt, Sonnenstrahlen fressen.

Der Bericht versetzte Urfin in schreckliche Wut. Er gebot Véres, niemandem zu verraten, was er im Land der Zwinkerer gesehen habe, und setzte ihn sicherheitshalber hinter Schloss und Riegel.

Trübe Gedanken bemächtigten sich des Feuergottes. Nicht nur der Westen und der Osten waren für ihn verloren – auch im Smaragdenland selbst standen die Dinge bei Weitem nicht zum Besten. Freilich wagten es die Bewohner nicht, gegen ihn aufzubegehren. Von der Insel vertrieben, hatten sie sich auf den paar Farmen, die die Marranen ihnen gelassen hatten, leidlich eingerichtet und führten jetzt ein jämmerliches Leben. Von ihnen drohte keine Gefahr.

Urfin machte jedoch die Armee Sorge, seine einzige Stütze, die jetzt zu wanken begann. Das wusste er von Eot Ling, dem Kundschafter, der ihm selbstlos ergeben war. Der Holzclown, der Tag und Nacht herumspionierte und sich nichts entgehen ließ, berichtete seinem Herrn und Gebieter Folgendes:

In der Armee gäre es. Die unbeständigen Marranen haben den Militärdienst satt. Sie drücken sich vor den Waffenübungen und dem Wachdienst, manche seien desertiert.

Einige Soldaten haben Farmerstöchter geheiratet und erklärt, sie verlassen die Armee, um sich friedlicher Arbeit zuzuwenden. Viele Marranen beneideten sie deshalb und wollten ihrem Beispiel folgen.

Urfin war sehr besorgt, dass seine Soldaten der Trunksucht verfielen. Er wollte, dass das Nuch-Nuch-Getränk nur an diejenigen ausgegeben werde, die nachts Wach- oder Kundschafterdienst versahen. Wenn zu viele Soldaten der Trunksucht verfielen, würde es bald keine Nuch-Nuch-Nüsse mehr im Wald geben. Das konnte schreckliche Folgen haben. (Urfin wusste nicht, dass diese üble Angewohnheit durch das Schlafwasser geheilt werden konnte.)

Mit seinem scharfen Verstand begriff er natürlich, was die Ursache der Zersetzung war, die in der Armee um sich griff. Disziplin lässt sich leicht aufrechterhalten, wenn die Soldaten ständig unter der Aufsicht der Vorgesetzten stehen, solange sie von früh bis spät gedrillt werden, haben sie keine Zeit, sich mit schädlichen Gedanken abzugeben.

Jetzt aber, da alle ihre Wünsche in Erfüllung gegangen waren, da sie wie Götter in behaglichen Häusern lebten und sich der Schätze der reichen Kaufleute und Handwerker der Smaragdeninsel bemächtigt hatten, verspürten die Marranen keine Lust auf weitere Eroberungen. Wozu sollten sie auch mit Tornistern auf den Rücken und schweren Keulen in den Händen auf staubigen Straßen marschieren?

Um die Kampfeslust der Soldaten wieder anzustacheln, musste man ihnen neue große Ziele zeigen, Ziele, um derentwillen diese leichtgläubigen Menschen alle Annehmlichkeiten aufgeben würden. Dazu dachte sich Urfin erneut einen schlauen Plan aus.

Er ging zum eingesperrten Véres und sagte zu ihm:

„Morgen werde ich meine Soldaten versammeln und zu ihnen sprechen. Selbst wenn es dir scheinen sollte, dass das, was ich sage, nicht ganz der Wahrheit entspricht, hast du jedes meiner Worte unter Eid zu bekräftigen. Sonst lasse ich dich im Ofen verbrennen!"

Das eingeschüchterte Holzmännchen versprach, alles zu tun, was von ihm verlangt werde.

Über die ganze Smaragdeninsel und ihre Umgebung verbreitete sich das Gerücht, dass der Große Urfin (Juice nannte sich jetzt nicht mehr Feuergott) seiner Armee eine ungewöhnliche Mitteilung machen werde. Sie gehe alle Soldaten an, und wer nicht erscheine, werde es zu bereuen haben.

Zur festgesetzten Stunde versammelten sich die Marranen auf einer großen Wiese vor der Smaragdeninsel. Urfin begleiteten Meister Petz und der Holzbote Véres. Als er die hohe Tribüne bestieg, drückte sein Gesicht tiefen Gram aus. Er schwieg zunächst, um die Neugier der Anwesenden anzufachen, und begann dann mit dröhnender Stimme:

„Weh, weh! Oh, meine heiß geliebten Marranen, ich muss euch etwas Schreckliches mitteilen!" Bei diesen Worten ging ein Schauer durch die Reihen der Zuhörer. „Wisset, meine Lieben, dass der Führer des Trupps, den ich im Violetten Land zurückgelassen habe, gefallen ist! Er ist tot, unser tapferer Bois, der Meister im Springen und unübertroffene Faustkämpfer! Friede seiner Asche!"

Die Menge wartete stumm, was folgen werde. Viele fragten sich: ‚Hat uns Urfin vielleicht deshalb versammelt, um uns vom Tod nur eines Springers zu benachrichtigen?' Urfin, ein gewandter Redner, fuhr im gleichen Ton fort:

„Das ist noch nicht alles! Mit Bois ist der ganze Trupp umgekommen, fünfzig Helden, die das eroberte Land in Botmäßigkeit halten sollten! Sie sind bis auf den letzten Mann erschlagen worden von den Zwinkerern, den Verrätern! Man hat sie aus dem Hinterhalt ermordet!"

Diese Nachricht machte einen starken Eindruck. Viele Soldaten, die in Bois' Truppen Verwandte und Freunde hatten, schüttelten die Fäuste und stießen Drohungen aus.

„Aber auch das ist noch nicht alles, meine heiß geliebten Marranen! Die blutrünstigen Zwinkerer haben die Leichen der Ermordeten geschändet und sie den Schweinen zum Fraß vorgeworfen!"

Die Menge raste. Nur einer fand sich, der zu fragen wagte:

„Vielleicht sind das nur Gerüchte?"

„Nur Gerüchte? O nein!", entgegnete Urfin und hob Véres zu sich auf die Tribüne empor. „Das ist ein Zeuge, mein Bote Véres – er kommt gerade aus dem Land der Zwinkerer. Sprich, Véres!"

Véres stammelte:

„Was der Große Urfin sagt, ist die reinste Wahrheit!"

Etwa zur gleichen Stunde hatte Ann den Zauberfernseher eingeschaltet, um nachzusehen, was Urfin trieb. Das tat sie jeden Tag um die Mittagszeit. Vor dem Bildschirm versammelten sich gewöhnlich Tim, der Scheuch, der Holzfäller und alle anderen Freunde.

Was sie jetzt sahen und hörten, ließ sie vor Zorn erbeben.

Die Marranen gebärdeten sich wie die Wilden. Mit einer Handbewegung stellte Urfin die Ruhe wieder her und wandte sich erneut an den Boten: „Was hast du außerdem noch gehört? Sprich, mein guter Véres, hab keine Angst!"

„Ich habe gehört, mein Herr und Gebieter", sagte Véres mit zitternder Stimme, „dass die Zwinkerer das Land der Marranen mit Krieg überziehen wollen, um dort alle Greise, Frauen und Kinder zu töten …"

Véres sprach, wie Urfin ihn gelehrt hatte.

„Wir wollen Rache, Rache!", brüllten die Marranen.

Ihr Gebrüll drang weit über den Platz hinaus und erschütterte die Luft. Die wutverzerrten Gesichter und die geballten Fäuste waren schrecklich anzusehen. Mit einem hinterlistigen Lächeln beobachtete Urfin die Szene.

Voller Zorn blickten der Scheuch und seine Freunde auf den Bildschirm. Ein jeder von ihnen würde, hätte er die Möglichkeit, auf die Tribüne springen, den gemeinen Lügner an der Brust packen und ihn schütteln, bis er die Wahrheit sagte!

Die Komödie ging mittlerweile weiter. In einer schwungvollen Ansprache – Urfin konnte sehr beredsam sein – forderte er die Marranen auf, ihre Brüder zu rächen und das Volk der Springer vor dem Untergang zu bewahren. Er rief die Verwandtschaftsgefühle der Marranen an, die, obwohl ein kriegerisches Volk, ihre alten Eltern, ihre Frauen und Kinder sehr liebten.

Die Armee erklärte sich bis auf den letzten Mann bereit, ins Feld zu ziehen. Selbst diejenigen, die erst kürzlich geheiratet hatten, wollten nicht zurückbleiben. Nur mit großer Mühe konnte Urfin eine Kompanie überreden, auf der Insel zu bleiben, um die Macht des Königs hier zu schützen.

„Wir werden uns auf den Überfall des Feindes vorbereiten müssen", bemerkte der Scheuch finster, als der Bildschirm erlosch.

Nach der Gefangenschaft wurde der Scheuch, wie man leicht verstehen wird, erneut zum Herrscher des Smaragdenlandes ausgerufen. Kaggi-Karr trat ihm ihre Vollmachten ab und beglückwünschte ihn zur Wiedereinsetzung in das hohe Amt.

Der Scheuch dankte ihr gerührt für die unschätzbaren Dienste, die sie dem Land in der Zeit seiner Abwesenheit erwiesen hatte. Seine Stimme bebte, als er die Großtaten der Krähe aufzählte.

„Ich stifte den Orden des ‚Goldenen Zweiges'", sagte er, „und als Erste soll ihn unsere liebe und hoch verehrte Kaggi-Karr bekommen. Sobald wir Urfin besiegt haben, werden die besten Juweliere des Landes den Orden prägen und ihn mit den schönsten Diamanten besetzen, damit er auf dem Haupt unserer lieben Freundin erstrahle."

Kaggi-Karr war über diese Worte so gerührt, dass zwei Tränen aus ihren schwarzen Äuglein kollerten.

„Außerdem", fuhr der Scheuch fort, „verspreche ich im Namen der Bewohner der Smaragdeninsel, dass in Erinnerung an die Verdienste

Kaggi-Karrs einer jeden Krähe in unserer Stadt herzlichste Gastfreundschaft zuteil werden soll!"

Dieses Versprechen wird auf der Smaragdeninsel bis auf den heutigen Tag gehalten.

Das Endspiel

Urfins Armee bewegte sich schnell auf das Violette Land zu. Die Marranen wichen kein einziges Mal vom Weg ab und machten keine Abstecher auf die nahe liegenden Farmen, denn sie wollten so schnell wie möglich ihre gefallenen Kameraden rächen und einen Überfall des Feindes auf ihre Heimat vereiteln.

In den Kolonnen wurde weder gesprochen noch gesungen. Die Gesichter der Soldaten waren grimmig. Um die kriegerische Stimmung aufrechtzuerhalten und es zu vermeiden, dass die Marranen die Wahrheit erfuhren, hatte Urfin folgenden Befehl ausgegeben.

„Mit dem Feind wird nicht verhandelt! Was euch im Weg steht, wird zerschlagen und zertrümmert! Jeder Feind wird erbarmungslos getötet!"

Eot Ling, der wie eine Ratte unter den von Hass geblendeten Marranen schnüffelte, konnte seinem Herrn jeden Abend hoffnungsvolle Meldungen machen:

„Die Soldaten kochen vor Wut. Sie werden alles kurz und klein schlagen. Sie drohen, für jeden Gefangenen hundert Feinde umzulegen!"

Urfin rieb sich die Hände. Nach dem Sieg über die Zwinkerer wollte er mit seiner ganzen Streitmacht gen Westen ziehen und sich die Erzgräber und Käuer unterwerfen. ‚Ich werde schon ein Mittel finden, den Drachen und Sechsfüßern beizukommen. Wehe dem, der es wagen sollte, sich mir in den Weg zu stellen!', dachte er.

In der Ferne zeigten sich die violetten Türme des Palastes, der vor unvordenklichen Zeiten erbaut worden war und viele Male den Besitzer gewechselt hatte. Als Bastinda sich des Palastes bemächtigte, ließ sie ihn mit einer Mauer umgeben, die ein eisernes Tor hatte, das immer verschlossen war. Den Schlüssel pflegte sie tagsüber in der Tasche zu tragen und nachts unter ihr Kissen zu legen.

Als der Eiserne Holzfäller die Herrschaft im Violetten Land übernahm, befahl er, vor allem die Mauer zu schleifen und einen Park um den Palast anzupflanzen. Der Mann mit dem liebevollen Herzen brauchte seine Untertanen nicht zu fürchten. Der Außenschmuck des Palastes und der Anstrich wurden unter seiner Herrschaft sorgfältig gepflegt, und als die Marranen dieses schöne und friedliche Bauwerk sahen, mussten sie sich fragen: Wie konnten nur seine Bewohner die schändlichen Missetaten begehen, von denen man uns erzählt hat?

Urfin ließ seinen Soldaten jedoch keine Zeit zum Nachdenken.

„Vorwärts, marsch, marsch!", kommandierte er. „Gepäck am Straßenrand ablegen! Ausschwärmen und angreifen!"

Einer Lawine gleich wälzte sich die Armee auf den Palast zu. Doch plötzlich verlangsamte sich ihr Schritt, die Reihen stockten.

Das hatte zwei Ursachen.

Die erste war ein tiefer Graben, dessen Rückseite steinerne Türmchen säumten, aus deren Schießscharten unzählige Pfeile ragten.

Die zweite Ursache war so verwunderlich, dass selbst der mit allen Wassern gewaschene Urfin, der seinerzeit in der Bibliothek der Smaragdenstadt eine Menge kriegsgeschichtlicher Bücher gelesen hatte, seinen Augen nicht traute:

Im Land der Zwinkerer wurde ein Wettspiel ausgetragen.

War das Heer des Holzfällers und des Scheuchs so sehr von der Uneinnehmbarkeit der Befestigungen überzeugt, dass es dem Feind keine Beachtung schenkte, oder brachten es die Spieler nicht über sich, den Wettkampf vorzeitig abzubrechen?

Die Springer, die selbst leidenschaftliche Spieler waren, verstanden und schätzten solche Gefühle. In unordentlichen Haufen drängten sie sich vor den Graben und verfolgten, die Knüppel und Lanzen gesenkt, mit ungeheurem Interesse das Spiel, das ihnen völlig unbekannt war.

Der Leser wird sich erinnern, dass Tim O'Kelli, der ein leidenschaftlicher Volleyballspieler war, einen Ball mitgenommen hatte. Wegen der vielen Abenteuer, in die das Schicksal ihn verstrickte, war er aber

nicht dazu gekommen, den Ball zu benutzen. Erst im Violetten Land, wo er mit seinen Freunden lange Zeit auf den Überfall der Feinde warten musste, kam ihm der Ball wieder in den Sinn.

Im Kampf, wenn man den Feind vor sich hat und seinen Mann stehen muss, ist es wohl leicht, ein Held zu sein. Viel schwerer ist es, tagaus, tagein dazusitzen und zu warten, wann die Gefahr endlich hereinbricht.

Die Führer der Armee bemerkten das Nachlassen der Kampfstimmung unter den Zwinkerern. Tim dachte nach, wie man sie aufmuntern könnte, und verfiel auf das Volleyballspiel.

Er stellte mehrere Mannschaften auf, erklärte ihnen die Spielregeln und führte etliche Trainings durch (das Netz hatten die Zwinkererfrauen geknüpft; es wurde natürlich viel niedriger aufgehängt als in der großen Welt).

Zuerst wurden Ausscheidungsspiele ausgetragen, die großen Zuspruch fanden. Man spielte von früh bis spät und ging erst am Abend auseinander. Die Zahl der Spielbegeisterten wuchs von einem Tag zu dem anderen, und die Lederarbeiter mussten sich tüchtig anstrengen, um die Nachfrage nach neuen Bällen zu befriedigen.

Es wurden Mannschaften mit höchst wunderlichen Namen gebildet: „Löwen", „Lieblinge des Schicksals", „Säbelzahntiger", „Wackere Burschen", „Fliegende Affen" und viele andere. Dann begann ein Turnier um die Landesmeisterschaft.

Die Angst vor dem Überfall des Feindes war wie weggeblasen. Die Zwinkerer waren jetzt springlebendig, ja sie zwinkerten auch nicht mehr so viel wie früher, denn dazu reichte ihnen einfach nicht die Zeit.

Um den Spielplatz drängten sich unzählige Fans.

Tim war jetzt wieder guter Dinge.

‚Nicht umsonst sagte mein Vater, dass Sport eine famose Sache ist', dachte er vergnügt. ‚Natürlich versteht er was davon, wo er doch in der Auswahl von Kansas gespielt hat!'

Der Wettstreit, dem die Marranen zusahen, war wirklich fesselnd. Es war das Endspiel um die Landesmeisterschaft, das zwischen den „Fliegenden Affen" (Kapitän: Din Gior) und „Anns Unbesiegbaren Freunden" (Kapitän: Tim O'Kelli) ausgetragen wurde. Als die Springer ankamen, stand es gerade 13:13, und jede Mannschaft hoffte auf den Sieg.

14:13. Die „Affen" in Führung ...! 14:14.

Sekunden später stand es 15:14 zugunsten der „Unbesiegbaren"! Eine halbe Minute danach folgte der Ausgleich: 15:15.

Selbst wenn der Himmel einstürzen würde, hätte in diesen spannenden Minuten niemand das Spiel verlassen!

Jede Mannschaft tat das Äußerste. Die Spieler zeigten Wunder an Geschicklichkeit. Sie sprangen hoch in die Luft, drehten sich wie Kreisel und nahmen die unwahrscheinlichsten Bälle.

Die Marranen jauchzten vor Begeisterung: Das war ein Spiel nach ihrer Art. Verzückt stellten sie sich vor, welche Sprünge sie bei einem solchen Spiel vollführen und wie sie den Ball ins gegnerische Feld hineinschmettern würden! Bald hatten sich unter ihnen zwei Parteien gebildet, von denen eine den „Affen", die andere den „Unbesiegbaren" den Daumen drückte. Man begann auch wieder Wetten zu schließen.

Die Zuschauer quittierten jeden Schmetterball mit brausendem Beifall. 16:15 – die „Unbesiegbaren" wieder in Führung. Noch ein Schlag, und sie hatten gewonnen!

Aber was war das denn? Fassungslos gewahrten die Marranen eine vertraute Gestalt, die einen Spieler am Netz ablöste. Es war kein anderer als Bois, ihr Bois, der angeblich erschlagene, den Schweinen zum Fraß vorgeworfene Bois! Ging das mit rechten Dingen zu? Ja, es war ihr Bois, der jetzt einen Schmetterball glänzend parierte.

Hatte sie der Große Urfin zum Besten gehalten? Oder hatte vielleicht der kleine hölzerne Lump ihn selbst betrogen? Vielleicht war überhaupt alles Lug und Trug?

Jetzt hatte ein Spieler den Ball so ungeschickt zugepasst, dass die Zuschauer in schallendes Gelächter ausbrachen.

17:15! Die „Unbesiegbaren" hatten gewonnen, sie waren jetzt Landesmeister.

Bois stürzte auf den Graben zu, hinter dem er seine Landsleute erblickt hatte, begrüßte sie herzlich über den Graben hinweg und machte ihnen Zeichen, herunterzukommen.

Die Marranen erhoben die Augen zu Urfin. Zuerst waren es fragende, verständnislose Blicke, die sie ihm zuwarfen, dann begannen ihre Augen zornig zu funkeln.

Entsetzt schlug Urfin die Hände vor die Augen, dann wandte er sich jählings um und ergriff die Flucht.

Er lief, stolperte und fiel, erhob sich und rannte weiter. Sein Herz hämmerte zum Zerspringen, unaussprechliche Angst zerriss seine Brust. Ihm schien, als sause ein Hagel von Steinen ihm nach, als schwingen ergrimmte Rächer ihre schweren Keulen über seinen Kopf …

Indes hatte kein Marrane die Verfolgung des gestürzten Gottes aufgenommen.

In seinem Rücken donnerte es.

„Lügner! Gauner! Gemeiner Verleumder! Falscher Gott!"

Das war das Ende. Der weise Karfax hatte sich in seiner Vorhersage nicht geirrt. Alle hatten sich von Urfin abgewandt, selbst der sanfte Meister Petz.

Eine solche Schmach ist schlimmer als der Tod.

Über den Graben wurden Bretter gelegt, über die die ehemaligen Feinde aufeinander zuliefen. Schon entstanden gemischte Volleyballmannschaften. Bälle flogen in die Luft und Rufe erklangen:

„Schlag...! Aus...! Zu..."

Hannibal und Cäsar aber scharrten mit den Hufen und schnaubten, ihre Herren zum Aufbruch mahnend.

Bald kam auch die Stunde, da die wunderbaren Maultiere Ann und Tim in sausendem Galopp nach Hause trugen.

Otdych bei Moskau

Nachwort

Meine lieben Leser!

Mit diesen Abenteuern Urfin Juices, der sich tückisch und schwindlerisch zum Feuergott ausriefen ließ, wollte ich die Geschichten über das Zauberland und seine wunderbaren Bewohner beenden. Da ich aber von euch viele Briefe bekomme, in denen ihr fragt, was aus den Helden geworden ist, entschloss ich mich, erneut zur Feder zu greifen und ein fünftes Märchen zu schreiben.

Dieses Märchen heißt „Der gelbe Nebel". Darin werdet ihr den Scheuch und den Eisernen Holzfäller, Ann und Tim, Charlie Black und die Krähe Kaggi-Karr, den Drachen Oicho und ihre Kameraden wiederfinden.

Über das Zauberland ist ein Unglück hereingebrochen. Arachna, eine Riesenhexe, hatte fünftausend Jahre in einer Höhle der Weltumspannenden Berge geschlafen. Als sie erwachte, wollte sie sich das Zauberland unterwerfen und zu dessen Kaiserin ausrufen lassen. Die freiheitliebenden Völker wiesen jedoch ihr Ansinnen zurück. Da beschwor sie einen giftigen gelben Nebel herauf, der das ganze Land überzog.

Um Hilfe gebeten, nahmen Ann, Tim und der einbeinige Seemann, der zufällig wieder in Kansas weilte, den Kampf gegen die Hexe auf. Um der mächtigen Zauberin eine ebenbürtige Kraft entgegenzustellen, fertigte Charlie Black einen eisernen Riesen namens Till-Willi an. Nach einem langen und erbitterten Kampf, in dem das Zauberland schier zugrunde ging, trug die Tapferkeit und Freundschaft unserer Helden den Sieg davon.

Mut und Freundschaft haben immer gesiegt. Sie werden auch in Zukunft aus jeder Prüfung siegreich hervorgehen.

Alexander Wolkow

Inhaltsverzeichnis

DRITTER TEIL

Die wunderbaren Maultiere

VIERTER TEIL

Der Silberreif

Sergej Suchinow
Goodwin der Schreckliche

ISBN 978-3-89603-095-5

Alexander Wolkow
Der Zauberer
der Smaragdenstadt

ISBN 978-3-928885-05-8

Alexander Wolkow
Der schlaue Urfin und
seine Holzsoldaten

ISBN 978-3-928885-03-4

Alexander Wolkow
Die sieben
unterirdischen Könige

ISBN 978-3-928885-01-0

Die Wolkow-Märchenland-Reihe

mit farbigen Illustrationen von Leonid Wladimirski

Alexander Wolkow
Der Feuergott der Marranen

ISBN 978-3-928885-04-1

Alexander Wolkow
Der gelbe Nebel

ISBN 978-3-928885-06-5

Alexander Wolkow
Das Geheimnis des verlassenen Schlosses

ISBN 978-3-928885-02-7

DAS